AMOR
ETERNO
Tom King Elsa Charretier
Matt Hollingsworth

TOM KING	Roteiro
ELSA CHARRETIER	Arte
MATT HOLLINGSWORTH	Cores
CLAYTON COWLES	Letras Originais
EMMA PRICE	Design Original
MARLA EIZIK	Edição Original

Design da edição original
por Tom Muller.

Taverna do Rei®

FELIPE CARVALHO	Direção Editorial
DOUGLAS SILVA	Tradução
FAKADA CHINASKI	Preparação de Texto e Revisão
MAX ANDRADE	Revisão
BRUNO MOURA	Supervisão Editorial
CHRISTOPHER BAHAMONDES	Letras e Diagramação

www.editora.tavernadorei.com.br

Originalmente publicado como Love Everlasting Edições 1-5.

Dados Internacionais de Catalogação na Publicação (CIP)

K54 King, Tom, 1978-
Amor eterno / criado por Tom King & Elsa Charretier ; tradução de Douglas Silva. - São Paulo : Taverna do Rei, 2025.
136p.; il. col.

Tradução de: Love everlasting.
Volume reunindo as edições Love everlasting n. 1-5.
ISBN 978-65-982631-1-9

1. Ficção americana 2. Histórias em quadrinhos I. Charretier, Elsa, 1988- II. Silva, Douglas III. Título

CDD-741.5
CDU 741.5:821.111(73)

Índices para catálogo sistemático:
1. Histórias em quadrinhos 741.5
Elisa Machado Alves Corrêa – Bibliotecária – CRB-7/6314

Taverna do Rei editora
editora.tavernadorei.com.br
youtube.com/@EditoraTavernadoRei
instagram.com/EditoraTavernadoRei
editora@tavernadorei.com.br

TK EC

AMOR ETERNO

Criado por
Tom King & Elsa Charretier

Traduzido por
Douglas Silva

Volume Reunindo as
Edições de LOVE EVERLASTING #1–5

TAVERNA do REI
editora

São Paulo, 2025

1
EU TE AMO, JOAN... E SEMPRE VOU TE AMAR!
EU TAMBÉM TE AMO, GEORGE! E AMANHÃ SEREI SUA ESPOSA!
POBRE GEORGE! POR QUE TENHO QUE MENTIR PRA ELE? POR QUE NÃO POSSO DIZER A VERDADE? NÃO EXISTE UM AMANHÃ!!

EU SABIA QUE ERA ERRADO. ELE ERA MEU CHEFE E NAMORADO DA MINHA MELHOR AMIGA. MESMO ASSIM, TODA VEZ QUE OLHAVA PARA O GEORGE, EU NÃO CONSEGUIA TIRAR DA CABEÇA QUE NÓS FOMOS...
FEITOS UM PARA O OUTRO
Tom King roteiro
Elsa Charretier arte
Matt Hollingsworth cores
ELE É TUDO QUE EU SEMPRE QUIS, E TUDO QUE JAMAIS PODEREI TER!

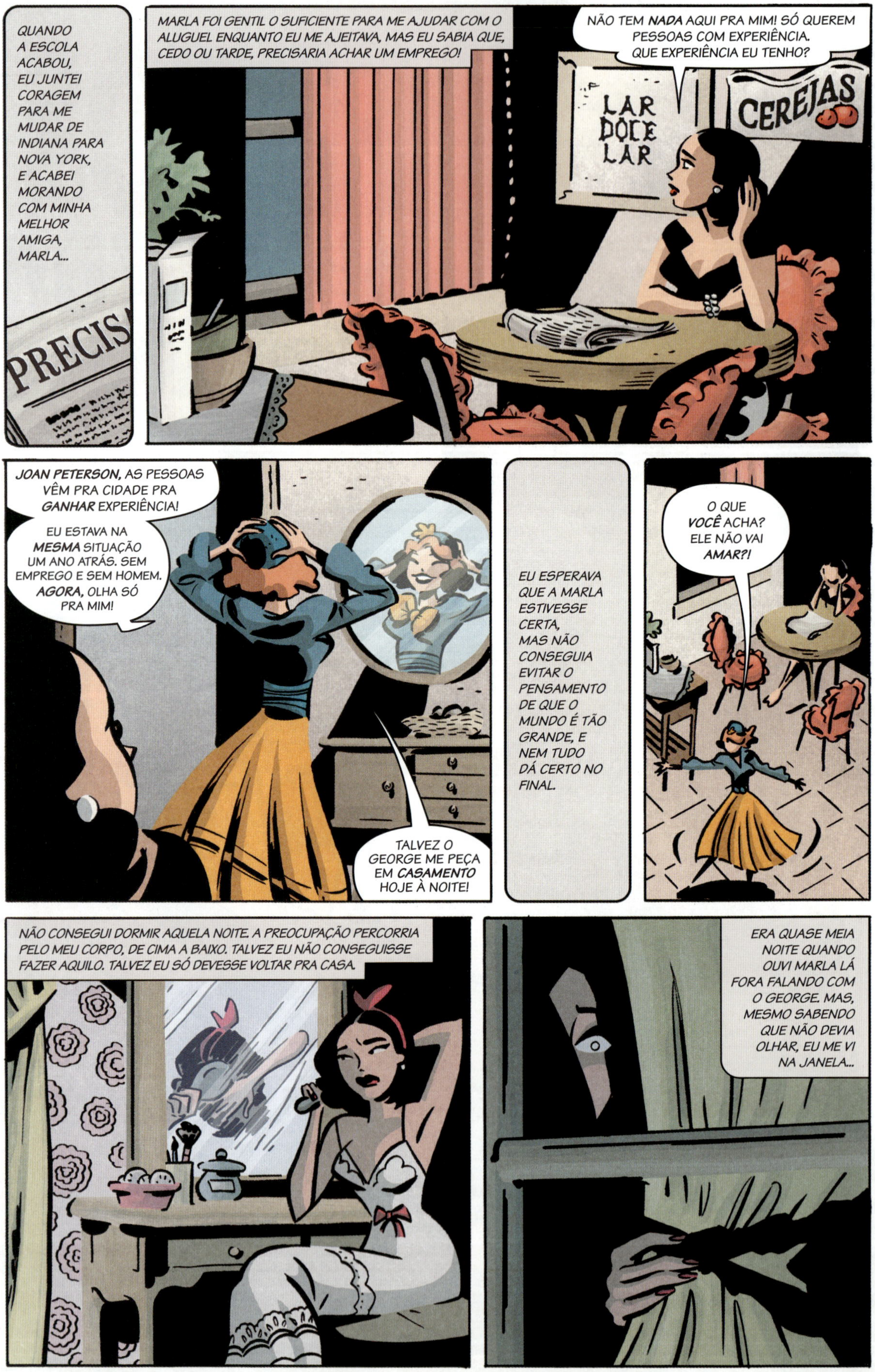
QUANDO A ESCOLA ACABOU, EU JUNTEI CORAGEM PARA ME MUDAR DE INDIANA PARA NOVA YORK, E ACABEI MORANDO COM MINHA MELHOR AMIGA, MARLA...
PRECIS
MARLA FOI GENTIL O SUFICIENTE PARA ME AJUDAR COM O ALUGUEL ENQUANTO EU ME AJEITAVA, MAS EU SABIA QUE, CEDO OU TARDE, PRECISARIA ACHAR UM EMPREGO!
NÃO TEM NADA AQUI PRA MIM! SÓ QUEREM PESSOAS COM EXPERIÊNCIA. QUE EXPERIÊNCIA EU TENHO?
LAR DOCE LAR
CEREJAS
JOAN PETERSON, AS PESSOAS VÊM PRA CIDADE PRA GANHAR EXPERIÊNCIA!
EU ESTAVA NA MESMA SITUAÇÃO UM ANO ATRÁS. SEM EMPREGO E SEM HOMEM. AGORA, OLHA SÓ PRA MIM!
TALVEZ O GEORGE ME PEÇA EM CASAMENTO HOJE À NOITE!
EU ESPERAVA QUE A MARLA ESTIVESSE CERTA, MAS NÃO CONSEGUIA EVITAR O PENSAMENTO DE QUE O MUNDO É TÃO GRANDE, E NEM TUDO DÁ CERTO NO FINAL.
O QUE VOCÊ ACHA? ELE NÃO VAI AMAR?!
NÃO CONSEGUI DORMIR AQUELA NOITE. A PREOCUPAÇÃO PERCORRIA PELO MEU CORPO, DE CIMA A BAIXO. TALVEZ EU NÃO CONSEGUISSE FAZER AQUILO. TALVEZ EU SÓ DEVESSE VOLTAR PRA CASA.
ERA QUASE MEIA NOITE QUANDO OUVI MARLA LÁ FORA FALANDO COM O GEORGE. MAS, MESMO SABENDO QUE NÃO DEVIA OLHAR, EU ME VI NA JANELA...

QUANDO OS VI, GEORGE ESTAVA SEGURANDO MARLA EM SEUS BRAÇOS. FIQUEI IMAGINANDO COMO SERIA SER ABRAÇADA DAQUELE JEITO.
E, DE REPENTE, SEUS LÁBIOS ESTAVAM SOBRE OS MEUS, E ELES ERAM QUENTES E GENTIS.
DESVIEI O OLHAR, ENVERGONHADA DE ONDE MINHA MENTE HAVIA ME LEVADO.
EU TINHA ACABADO DE VOLTAR PARA A CAMA E FECHADO MEUS OLHOS QUANDO MARLA INVADIU MEU QUARTO DE REPENTE, COM O ROSTO AINDA CORADO.
AH, JOAN, DESCULPA TE ACORDAR, MAS TENHO ÓTIMAS NOTÍCIAS!
EU OUVI O MEDO EM MINHA VOZ, ESPERANDO QUE MARLA NÃO PERCEBESSE.
ELE... TE PEDIU EM CASAMENTO?
AH, NÃO, BOBINHA. AINDA É MUITO CEDO PRA ISSO.
MAS EU ESTAVA CONTANDO PRO GEORGE SOBRE VOCÊ E SUA SITUAÇÃO, E ELE DISSE QUE PRECISA DE UMA NOVA SECRETÁRIA NO ESCRITÓRIO!
ELE DISSE QUE ADORARIA TE CONTRATAR!

O APERTO DE MÃO DO GEORGE ERA COMO ELE: FORTE, MAS RECEPTIVO. POR MAIS QUE EU ESTIVESSE NERVOSA NO MEU PRIMEIRO DIA, ELE DEIXAVA TUDO MAIS FÁCIL.
LOGO, EU ESTAVA MEGA OCUPADA. SABIA QUE NÃO ERA A DIGITADORA MAIS RÁPIDA, MAS TAMBÉM SABIA QUE CONSEGUIA TRABALHAR MAIS QUE QUALQUER UM ALI!
ESPECIALMENTE SE FOSSE PARA AJUDAR O GEORGE...
EXCELENTE TRABALHO, SRTA. PETERSON. ESPERAVA QUE FOSSE LEVAR DIAS. MUITO BOM!
AH, OBRIGADA, SR. HUFF. O PRAZER É MEU.
POR FAVOR, PODE ME CHAMAR DE GEORGE. SEI QUE VOCÊ TRABALHA PRA MIM, MAS SOMOS MAIS DO QUE CHEFE E SECRETÁRIA, NÃO SOMOS?
COM ESSAS PALAVRAS, MEU CORAÇÃO SALTOU DO MEU PEITO PARA A MINHA GARGANTA. EU MAL CONSEGUI DIZER ALGO.
AH.
VOCÊ SABE, POR CONTA DA MARLA.
E POSSO TE CHAMAR DE JOAN?

A MARLA! É CLARO! O QUE EU ESTAVA PENSANDO?! POR QUE FIQUEI TÃO ANSIOSA?! ELE É SÓ MEU CHEFE, NADA MAIS!
MAS, AINDA ASSIM...
TODO DIA QUE PASSAVA, TODA VEZ QUE EU O VIA, EU NÃO PODIA EVITAR SENTIR ALGUMA COISA.
ERA COMO SE HOUVESSE UM CORDÃO PRESO EM NÓS DOIS, E QUANDO ESTÁVAMOS DISTANTES ELE ME PUXAVA, E TUDO FICAVA MAIS TENSO.
E QUANDO ESTÁVAMOS JUNTOS, O CORDÃO RELAXAVA, E TUDO ERA COMO DEVERIA SER.
TUDO ERA PERFEITO.
EU TENTEI AO MÁXIMO NÃO PENSAR NISSO. MAS O QUE QUER QUE EU FIZESSE PARECIA APONTAR NOVAMENTE PARA O GEORGE.
NÃO POSSO JOGAR ATÉ TARDE, TENHO UM ENCONTRO IMPORTANTE HOJE À NOITE.
AH, É? EU FIQUEI DE ME ENCONTRAR COM O GEORGE HOJE À NOITE, QUANDO O VOO DELE CHEGAR, PARA TRABALHAR NO ARQUIVO DOS MILLER PARA AMANHÃ.
NÃO PENSEI QUE ELE TERIA TEMPO PARA SAIR.
AH, MAS NÃO É COM O GEORGE. É COM O JACK.
É UM CARA ÓTIMO COM QUEM EU TÔ SAINDO.
VOU SAIR COM O GEORGE NO SÁBADO.

NAQUELA NOITE, FICAMOS SOZINHOS NO ESCRITÓRIO.
AGRADEÇO MUITO POR VOCÊ TER VINDO ATÉ O ESCRITÓRIO, SRTA. PETERSON.
SALVOU A MINHA VIDA.
JÁ SE ESQUECEU?
AGORA É JOAN.
EU... SIM...
JOAN... MINHA JOAN...
ENQUANTO SEUS LÁBIOS SE DEITAVAM SOBRE OS MEUS, EU PENSEI QUE AQUILO ERA UM OUTRO SONHO E ME DEIXEI FLUIR PARA DENTRO DELE, SABENDO QUE EM BREVE ACORDARIA.
MAS ERA REAL. MUITO REAL!
M-ME DESCULPE... EU NÃO DEVIA...
EU SOU UM IDIOTA!
EU ME REVIREI A NOITE INTEIRA. MINHA MENTE INUNDADA DE CULPA E DESEJO. EU SABIA QUE ERA ERRADO! E, DA MESMA FORMA, SABIA QUE PRECISAVA DE MAIS!
AH, GEORGE! GEORGE! GEORGE!

DIAS SE PASSARAM. DEPOIS, SEMANAS... E MESES. NO MUNDO, EU ERA UMA BOA SECRETÁRIA E UMA BOA COLEGA DE QUARTO. NO MEU CORAÇÃO, EU ESTAVA MORRENDO.
POR FIM, ACEITEI A DERROTA. EU TINHA FEITO O POSSÍVEL PARA LUTAR CONTRA A CIDADE, MAS ELA HAVIA VENCIDO. ERA HORA DE IR PARA CASA!
JOAN, O QUE VOCÊ ESTÁ FAZENDO?
ESTOU INDO EMBORA!
PENSEI QUE ERA MEU DESTINO VIR PRA CÁ! PENSEI QUE ERA MAIOR DO QUE QUALQUER DESTINO QUE AQUELAS PESSOAS LÁ EM CASA HAVIAM PLANEJADO PRA MIM!
MAS EU ESTAVA ERRADA! EXISTEM LUGARES ONDE A GENTE SIMPLESMENTE PERTENCE, E É MELHOR SÓ FICAR LÁ MESMO!
MAS VOCÊ NÃO PODE IR EMBORA AGORA! VAI PERDER MEU CASAMENTO!
ELE FINALMENTE FEZ O PEDIDO! E EU DISSE SIM!
E ALI ESTAVA, O GOLPE FINAL, ME DERRUBANDO MESMO ENQUANTO EU RECUAVA. O EXÉRCITO INIMIGO CONTINUAVA MARCHANDO SOBRE MIM.
QUE INCRÍVEL, DESEJO TUDO DE MELHOR PRA VOCÊ E O GEORGE.
QUE VOCÊS TENHAM A FELICIDADE QUE... TÃO POUCOS DE NÓS ALCANÇAMOS.
MAS ENTÃO.
MAS ENTÃO!
MAS ENTÃO!!!
GEORGE? NÓS TERMINAMOS HÁ SEMANAS. ACHO QUE ELE TÁ APAIXONADO POR OUTRA PESSOA.
FOI O JACK! ELE É TÃO INTELIGENTE, MAL POSSO ACREDITAR QUE ESTOU COM ELE!

A CIDADE GRANDE É UM LUGAR DIFÍCIL, NÃO SE DEIXE ENGANAR.
VOCÊ QUERIA ME VER, SR. HUFF?
DIGO, GEORGE?
MAS SÓ PORQUE É DIFÍCIL, NÃO SIGNIFICA QUE VOCÊ NÃO DÁ CONTA.
SIM, JOAN. TENHO ALGO MUITO IMPORTANTE PRA TE DIZER.
ACREDITE EM MIM. EU VIVI LÁ.
VOCÊ NÃO PODE MAIS SER MINHA SECRETÁRIA!
AH, NÃO!
E EU AMEI.
PORQUE AGORA VOCÊ SERÁ MINHA ESPOSA!
GEORGE! MEU GEORGE...

POR MAIS QUE EU O AMASSE, EU NÃO PODIA FICAR. EU ERA A BOA MENINA, A BOA FILHA QUE SE CASARIA COM O HOMEM QUE SEUS PAIS ESCOLHERAM. E KIT ERA APENAS UM CANTOR QUALQUER DA VILA. DEPOIS DISSO, EU SABIA QUE IRIA FUGIR, MAS ANTES EU PRECISAVA TER...
Um Último Beijo
ISSO ACABA AQUI. PRECISA ACABAR. MAS POR QUE NÃO CONSIGO IR EMBORA?!
Tom King
roteiro
Elsa Charretier
arte
Matt Hollingsworth
cores
EU NASCI E CRESCI EM CRESCENT CREEK, A UMA HORA DA CIDADE ONDE MEU PAI TRABALHAVA TODOS OS DIAS.
JOAN PETERSON, ME PROMETA UMA COISA.
SIM, PAPAI?

EU TENHO LIDO SOBRE ESSES **MARGINAIS** DO CENTRO DA CIDADE QUE ANDAM **ATIÇANDO** TODOS OS JOVENS COM SUA NOVA MÚSICA.
ME PROMETA QUE VAI FICAR LONGE DESSE TIPO.
AH, PAPAI, VOCÊ NÃO TEM **NADA** COM O QUE SE PREOCUPAR.
QUEM PENSA QUE EU SOU?
EU ODIAVA MENTIR PRO MEU PAI, MAS NÃO SUPORTAVA A IDEIA DE PARTIR SEU CORAÇÃO E CONTAR QUE JÁ ESTAVA SAINDO ESCONDIDA À NOITE PARA IR ATÉ O "CENTRO".
ELE NÃO ENTENDIA COMO ERA NA VILA, ONDE ERA POSSÍVEL SE LIBERTAR DE TODO O FARDO DO DINHEIRO E...
ESPERA.
CO BAR
GEORGE.
ONDE ELE...

E NAQUELA NOITE MEU DESTINO CERTAMENTE SE CONTORCEU! POIS AQUELA FOI A NOITE QUE VI O KIT PELA PRIMEIRA VEZ!
OLÁ, EU SOU KIT MYERS. OBRIGADO A TODOS PELA PRESENÇA.
ESTA MÚSICA SE CHAMA "QUANDO A SORTE ACABAR".
ESPERO QUE VOCÊS CURTAM.
VAI TER GRITARIA E PANCADARIA, TUMULTO, EMPURRA-EMPURRA E ALGAZARRA...
VAI TER MATANÇA E EMOÇÃO, MENTIRA, DOR E CONFUSÃO...
GERAL VAI SUBIR NO TRÊÊÊÊMMM E SE PREPARAR PRA GRITAAAAAAR...
QUANDO A SOOOOORTE ACABAR.
SE EU FICASSE FORA ATÉ MUITO TARDE, PERDERIA O ÚLTIMO TREM DE VOLTA PARA CRESCENT CREEK. MAS, POR ALGUM MOTIVO, ME VI ESPERANDO ATRÁS DO CLUBE, ESPERANÇOSA...
NÃO... ISSO NÃO É... CADÊ O...
GEORGE?
EU... EU NÃO ME CASEI COM O GEORGE?
E QUANDO ESTAVA PRESTES A SAIR CORRENDO, A PORTA SE ABRIU E LÁ ESTAVA ELE, COM UM SORRISO QUE PARECIA VOAR DIRETO PARA O MEU CORAÇÃO.
ORA, ORA... QUEM É VOCÊ, GATA?
VOCÊ DEVERIA ESTAR AQUI?

NÓS CONVERSAMOS A NOITE INTEIRA. ELE ERA INSPIRADOR E INTERESSANTE. DIFERENTE DE QUALQUER HOMEM QUE VOCÊ ENCONTRARIA NO COUNTRY CLUB DE CRESCENT CREEK DURANTE UMA PARTIDA DE GOLFE NO DOMINGO.
SE VOCÊ LESSE KIERKEGAARD, SABERIA QUE TEM UM MUNDO NOVO, INTEIRO E DISPONÍVEL, SE VOCÊ SE DEDICAR A ELE.
AH, UAU. EU VOU LER, COM CERTEZA.
UMA NOITE INTEIRA JUNTOS E NÓS SÓ CONVERSAMOS. SÓ QUANDO A LUZ DA MANHÃ APARECEU, QUANDO OS TRENS JÁ ESTAVAM FUNCIONANDO, QUE ELE FINALMENTE ME SEGUROU EM SEUS BRAÇOS E EU SENTI SEUS LÁBIOS NOS MEUS.
AH, JOAN...
ELES ERAM TÃO DIFERENTES DOS LÁBIOS DO GEORGE.
ESPERA, QUEM É GEORGE? EU NUNCA BEIJEI UM GEORGE. EU NÃO ME CASEI COM UM GEORGE.
NÓS ÉRAMOS...
O BILHETE, SENHORITA?
EU...
SEU BILHETE, SENHORITA.
ATÉ ONDE VOCÊ VAI?
EU NÃO ESTOU APAIXONADA PELO GEORGE! EU NÃO SEI QUEM @#$%@$% É O GEORGE!!
EU AMO O KIT!!

EU COMECEI A SAIR COM O KIT SEMPRE QUE CONSEGUIA ESCAPAR DE CRESCENT CREEK. NÓS COMPARTILHÁVAMOS NOSSOS SONHOS E AMBIÇÕES.
NÃO QUERO VIVER APENAS UMA VIDA DE APARÊNCIAS, JOAN. EU QUERO FAZER A DIFERENÇA, SACA?
EU TAMBÉM ME SINTO ASSIM.
POUCO TEMPO DEPOIS, EU ESTAVA ASSISTINDO TODAS AS SUAS APRESENTAÇÕES DO PALCO, ENCANTADA COM COMO ELE SE DERRAMAVA EM SUAS MÚSICAS E LETRAS.
E DAÍ QUE ELE NÃO ERA RICO, NEM DE CONNECTICUT, NEM TINHA A APROVAÇÃO DO PAPAI?
ELE ERA REAL E AUTÊNTICO, E ISSO ERA O MAIS IMPORTANTE.
EU NUNCA ME SENTI ASSIM ANTES, JOAN. NUNCA DISSE ISSO ANTES. JOAN, EU TE AMO.
AH, KIT! EU TAMBÉM TE AMO!
DIAS SE PASSARAM NOS QUAIS EU NEM PENSEI NO GEORGE, NEM NA MARLA, NEM NO ESCRITÓRIO, NEM EM INDIANA, NEM...

E ENTÃO CHEGOU A NOITE QUE MUDOU TUDO.
EU **PRECISO** TE PEDIR UMA COISA, JOAN. UMA COISA **IMPORTANTE**.
VOCÊ SABE O QUANTO EU TE AMO, **GEORGE**. PODE ME PEDIR O QUE FOR.
JOAN?!
PAPAI! ESPERA, NÃO, EU POSSO EXPLICAR...
NÓS VAMOS FALAR SOBRE ISSO QUANDO VOCÊ CHEGAR EM CASA, MOCINHA!
AGORA, VOCÊ VAI DIZER BOA NOITE PARA O SEU... **AMIGO**, E DEPOIS VAI VOLTAR COMIGO DE TREM. **AGORA MESMO!**
QUEM...?
ESSA NÃO!
QUEM É GEORGE?
NAQUELA NOITE, MEU PAI E EU DISCUTIMOS POR HORAS. EU DISSE QUE AMAVA O KIT, E ELE NÃO ME DEU OUVIDOS. ELE USOU UM TOM DE VOZ COMIGO QUE EU NUNCA HAVIA OUVIDO ANTES.
EU TENHO PLANOS PARA VOCÊ! **GRANDES** PLANOS! E AÍ EU TE ENCONTRO NAQUELE BAIRRO, COM UM **CANTORZINHO QUALQUER**. NÃO VÊ O QUE ESTÁ FAZENDO? ESTÁ **ARRUINANDO** SUA VIDA!
ME DEITEI AOS PRANTOS, SABENDO QUE JAMAIS VERIA O GEORGE DE NOVO.
NÃO, QUERO DIZER... EU... SIM, EU ME DEITEI AOS PRANTOS, SABENDO QUE JAMAIS VERIA O KIT DE NOVO. O KIT. NÃO O GEORGE.
EU NÃO CONHEÇO UM GEORGE.

NO CAFÉ DA MANHÃ SEGUINTE, DECIDI DIZER AO MEU PAI QUE TINHA TERMINADO COM O KIT, QUE EU PODIA REJEITAR O AMOR. MAS, QUANDO FALEI... AS PALAVRAS SIMPLESMENTE SAÍRAM ERRADAS!
PAPAI, EU SEI QUE TE DECEPCIONEI. MAS PRECISO QUE VOCÊ ENTENDA QUE ESTOU APAIXONADA...
Ding Dong
ESPERAVA QUE UMA BOA NOITE DE SONO TIRASSE ESSA BESTEIRA DA SUA CABEÇA, JOAN.
NÃO SEI QUEM ESTÁ BATENDO NESSA PORTA, MAS ASSIM QUE FOREM EMBORA, NÓS CONTINUAREMOS ESSA CONVERSA E VAMOS FALAR SOBRE A SUA HERANÇA!
AMOR, AMOR, AMOR, O QUE É QUE VOCÊS JOVENS SABEM SOBRE O...
...AMOR?
OLÁ, SR. PETERSON. ME CHAMO KIT HARRIS, ACHO QUE VOCÊ CONHECE MEU PAI.
VIM PEDIR UMA COISA À SUA FILHA.
VOCÊ... VOCÊ É... O FILHO DO MITT HARRIS?! O MESMO MITT HARRIS QUE É SÓCIO DA MINHA FIRMA?!
ORA, ELE É UM DOS MELHORES HOMENS QUE EU CONHEÇO!

EMBORA ELE ESTIVESSE FALANDO COM MEU PAI, OS OLHOS DE KIT ESTAVAM GRUDADOS NOS MEUS.
É, EU NÃO GOSTO DE FALAR PARA AS PESSOAS SOBRE O MEU PAI. ACHO QUE VÃO ME JULGAR PELA MINHA CRIAÇÃO, OU PELA CASA ONDE EU MORO.
QUERO QUE AS PESSOAS ME VEJAM COMO EU SOU.
DO JEITO QUE A JOAN ME VÊ.
ME DESCULPE POR NÃO TER TE CONTADO. FUI UM COVARDE. TIVE MEDO DE VOCÊ NÃO ME AMAR E DE QUE... VOCÊ NÃO... SABE, VOCÊ NÃO ACEITARIA SER MINHA ESPOSA!
ALI ESTAVA, O MOMENTO QUE EU TINHA ESPERADO POR TODA A MINHA VIDA, O HOMEM QUE EU PRECISAVA, OS BRAÇOS QUE EU PRECISAVA, OS LÁBIOS QUE EU PRECISAVA, A VIDA QUE EU PRECISAVA...
AH, KIT, VOCÊ NÃO SABE QUE COMIGO...
...SUA SORTE NUNCA VAI ACABAR?!
E ERA TUDO A @#$%# DE UMA MENTIRA.
O FILHO DO MITT HARRIS! HÁ! QUEM DIRIA...

DESDE QUE EU ERA UMA GAROTINHA E ELE, UM GAROTO, EU SABIA QUE IA ME CASAR COM CHAD HESTLE, FILHO DO XERIFE DA CIDADE. ERA O MEU DESTINO, E EU ESTAVA FELIZ EM ACEITÁ-LO. MAS UM DIA MEU PAI CONTRATOU UM NOVO AJUDANTE PARA O RANCHO, BILL HARPER, E DE REPENTE PARECIA QUE O DESTINO TINHA OUTROS PLANOS. QUE TALVEZ PRECISASSE HAVER UMA...
Luta POR AMOR
TOM KING ROTEIRO
ELSA CHARRETIER ARTE
MATT HOLLINGSWORTH CORES
NÃO! CHAD! BILL! ELES VÃO SE MATAR. PRECISO AJUDAR UM DELES, MAS QUAL?!

ERA SÓ MAIS UM DIA NA NOSSA HUMILDE FAZENDA EM MARICOPA. EU ESPERAVA CUIDAR DA LIMPEZA E DA COMIDA, E DEPOIS LEVAR O DUSTY PARA CAVALGAR POR AÍ.
JOAN! JOAN, QUERIDA. TEM UM RAPAZ AQUI QUE VOCÊ PRECISA CONHECER!
SÓ MAIS UM DIA.
JOAN, ESTE É BILL HARPER, NOSSO NOVO AJUDANTE. E BILL, ESSA É MINHA FILHA, SENHORITA JOAN PETERSON--
--FUTURA SRA. JOAN HESTLE, ASSIM QUE O VELHO CHAD TOMAR CORAGEM.
COMO VAI, DONA. PRAZER EM CONHECÊ-LA.
SÓ MAIS UM DIA.
EU... O QUE...
GEORGE... O QUE ACONTECEU COM O GEORGE... E O KIT, TEVE UM... O QUE HOUVE COM O KIT?
ELE AINDA TÁ CANTANDO?!
SÓ MAIS UM DIA.
JOAN, EU NÃO ENTENDO ESSE SEU JEITO ESTRANHO, QUERIDA.
ESSE É O BILL. NÃO CONHEÇO NENHUM GEORGE OU KIT. O QUE TÁ ACONTECENDO, MINHA FILHA?
SÓ MAIS UM DIA.
POSSO AJUDAR COM ALGUMA COISA, DONA?
UMA MOÇA TÃO FORTE E BONITA COMO VOCÊ NÃO DEVIA FICAR ASSIM TÃO AFLITA. NÃO ENQUANTO EU ESTIVER AQUI.
SÓ MAIS UM DIA.
POSSO ENTENDER POR QUE ESSE TAL DE CHAD CAIU DE AMORES POR VOCÊ.
SÓ NÃO POSSO DIZER QUE NÃO SINTO UM POUCO DE INVEJA.

FIQUEM LONGE DE MIM!
JOAN?
OUVI DIZER QUE CHEGOU UM NOVO AJUDANTE NA FAZENDA, E PENSEI QUE TALVEZ VOCÊ QUISESSE DAR UMA VOLTA COMIGO, JOAN.
VOCÊ ME OUVIU, JOAN? PENSEI QUE TALVEZ VOCÊ E EU PUDÉSSEMOS DAR UMA VOLTA. TALVEZ TENHA UMA PERGUNTA MUITO ESPECIAL QUE EU GOSTARIA DE TE FAZER...
JOAN?
JOAN, ACONTECEU ALGUMA COISA?
JOAN?!
JOAN, PRA ONDE VOCÊ ESTÁ INDO?!

EU CAVALGUEI MUITO E SEM DIREÇÃO.
EMBORA EU TENTASSE ME MANTER FOCADA NO TERRENO À FRENTE, MEUS PENSAMENTOS VOLTAVAM SEMPRE PARA O GEORGE, KIT, BILL E CHAD...
VI MINHA VIDA COMO TRÊS MULHERES FLUINDO JUNTAS, COMO RIACHOS SE ENCONTRANDO EM UM RIO.
E, DE ALGUM MODO, EU SENTIA COMO SE TIVESSE CAÍDO NAQUELA ÁGUA, QUE ELA CORRIA SOBRE MIM, E QUANDO ABRI A BOCA PRA GRITAR, TUDO ENTROU E EU SOUBE QUE ESTAVA ME AFOGANDO.
DIAS E NOITES SE PASSARAM. NÃO ME LEMBRO QUANTOS. NÃO ENCONTREI NINGUÉM, E CONTINUEI CAVALGANDO.

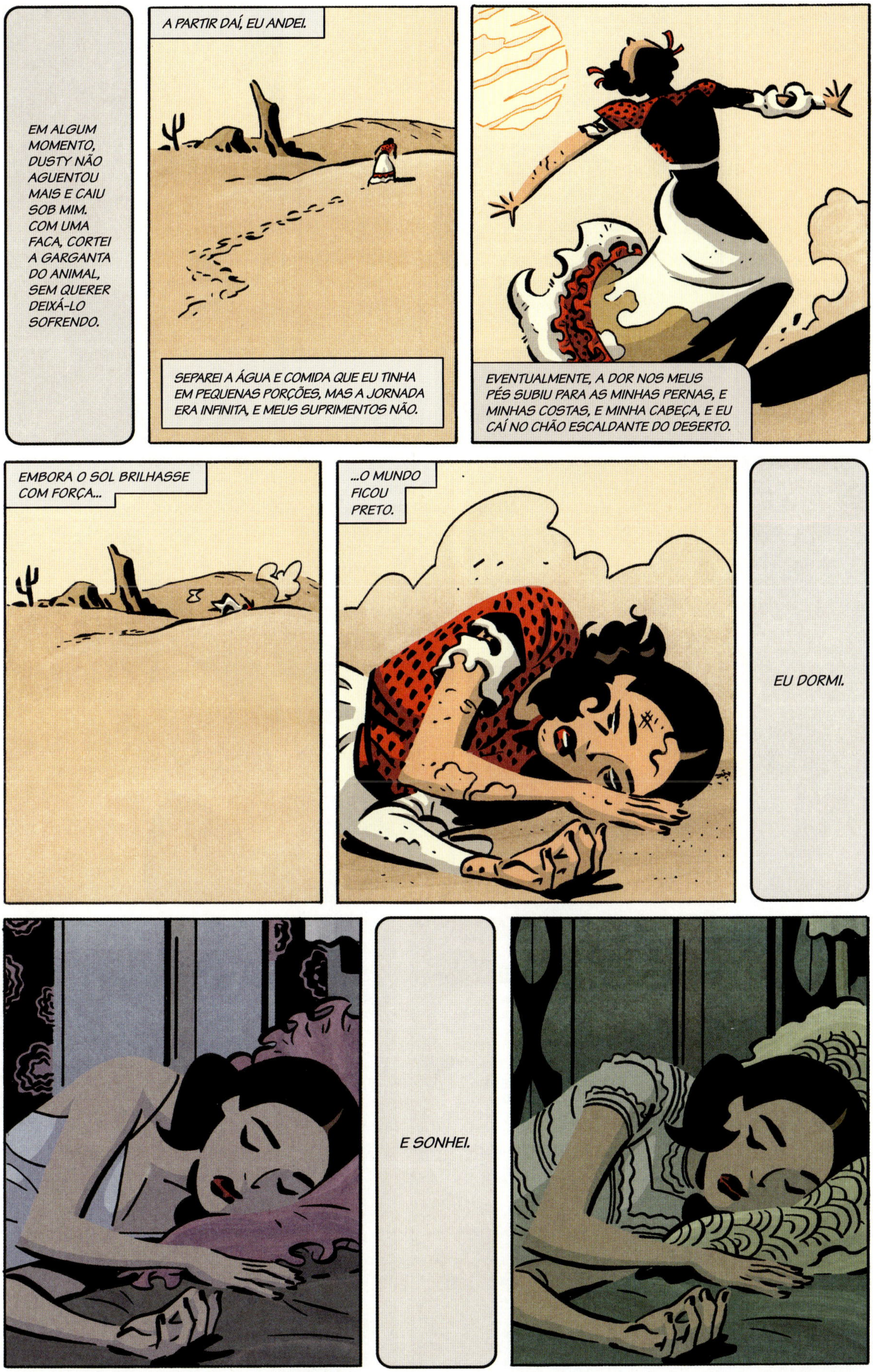
EM ALGUM MOMENTO, DUSTY NÃO AGUENTOU MAIS E CAIU SOB MIM. COM UMA FACA, CORTEI A GARGANTA DO ANIMAL, SEM QUERER DEIXÁ-LO SOFRENDO.
A PARTIR DAÍ, EU ANDEI.
SEPAREI A ÁGUA E COMIDA QUE EU TINHA EM PEQUENAS PORÇÕES, MAS A JORNADA ERA INFINITA, E MEUS SUPRIMENTOS NÃO.
EVENTUALMENTE, A DOR NOS MEUS PÉS SUBIU PARA AS MINHAS PERNAS, E MINHAS COSTAS, E MINHA CABEÇA, E EU CAÍ NO CHÃO ESCALDANTE DO DESERTO.
EMBORA O SOL BRILHASSE COM FORÇA...
...O MUNDO FICOU PRETO.
EU DORMI.
E SONHEI.

QUANDO ACORDEI, ESTAVA DO LADO DE UMA FOGUEIRA. DEITADA SOBRE UM GROSSO COBERTOR. HAVIA ÁRVORES ACIMA DE MIM. EU NÃO CONSEGUIA ME LEMBRAR DE VER ÁRVORES HÁ DIAS.
E EU NÃO ESTAVA SOZINHA.
VOCÊ É JOAN PETERSON?
EU NÃO TE CONHEÇO.
DE ONDE DIABOS VOCÊ SAIU?
TENHO UM RECADO PARA UMA TAL SENHORITA JOAN PETERSON.
SE PUDER CONFIRMAR QUE ESSE É MESMO SEU NOME, ENTREGO O RECADO COM PRAZER E SIGO MEU CAMINHO EM PAZ.
BOM, SOU EU. JOAN PETERSON.
PODE DAR SEU MALDITO RECADO.

ENQUANTO ELE HESITAVA, EU O OBSERVEI POR UM MOMENTO SOB A LUZ DA FOGUEIRA.
HM.
TINHA ALGO DE FAMILIAR EM SEU ROSTO.
VOCÊ NÃO DEVIA TER FUGIDO, GAROTA.
ALGO QUENTE E GENTIL.
ESSE MUNDO É GRANDE E IMPLACÁVEL. FUGIR NÃO TE LEVA A LUGAR NENHUM.
SENHORITA JOAN PETERSON.
ELA GOSTARIA QUE VOCÊ SOUBESSE QUE...
O AMOR É... ETERNO.
NÃO!
BLAM

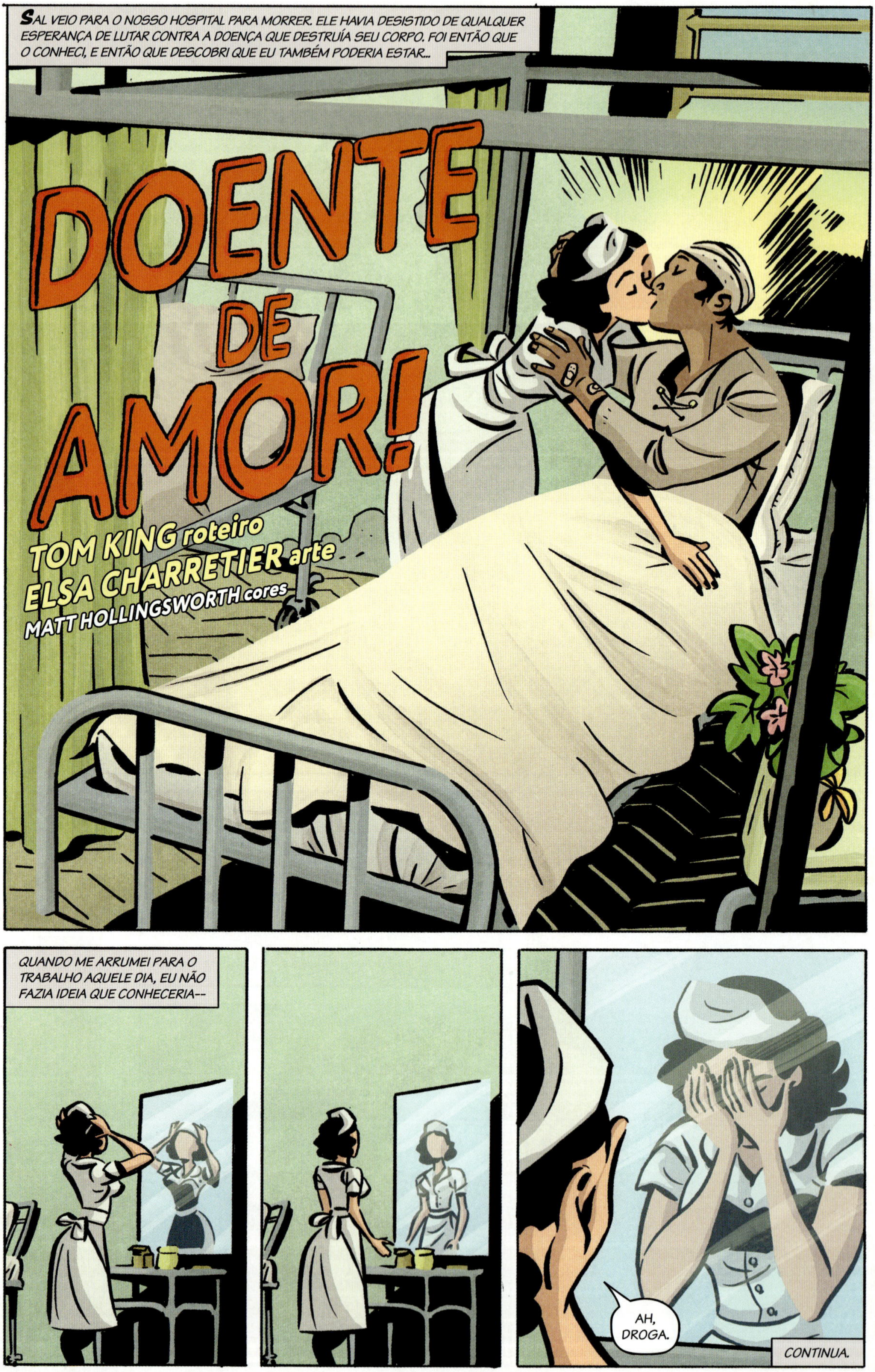
SAL VEIO PARA O NOSSO HOSPITAL PARA MORRER. ELE HAVIA DESISTIDO DE QUALQUER ESPERANÇA DE LUTAR CONTRA A DOENÇA QUE DESTRUÍA SEU CORPO. FOI ENTÃO QUE O CONHECI, E ENTÃO QUE DESCOBRI QUE EU TAMBÉM PODERIA ESTAR...
DOENTE DE AMOR!
TOM KING roteiro
ELSA CHARRETIER arte
MATT HOLLINGSWORTH cores
QUANDO ME ARRUMEI PARA O TRABALHO AQUELE DIA, EU NÃO FAZIA IDEIA QUE CONHECERIA--
AH, DROGA.
CONTINUA.

2
ROGER, EU TE AMO! MAS UMA HORA O AMOR TEM QUE MORRER! E VOCÊ TAMBÉM!
"CAÇADA PELO AMOR!"
JOAN! QUERIDA! NÃO, POR FAVOR! O QUE VOCÊ TÁ FAZENDO?!

EU ERA A FILHA DA AMA. ELE ERA FILHO DO SENHOR DA CASA. CLASSE E DINHEIRO NOS SEPARAVAM, MAS NÓS DOIS ÉRAMOS UNIDOS POR UMA...
CAÇADA PELO AMOR!
Capítulo 1
JOAN, QUERIDA, POR FAVOR! NÃO PERCEBE QUE NADA MAIS IMPORTA?! NEM MEU PAI! NEM MINHA POSIÇÃO! NEM ESTA CASA!
A ÚNICA COISA QUE IMPORTA – É VOCÊ!
TODOS ESSES ANOS! É O QUE EU SEMPRE QUIS OUVIR! MAS EU SEI QUE MESMO QUE ELE ACHE QUE É VERDADE, É TUDO MENTIRA!
ELSA CHARRETIER
Arte
TOM KING
Roteiro
MATT HOLLINGSWORTH
Cores

ESTA É A ABADIA ONDE NASCI E FUI CRIADA.
HUMILDEMENTE CONHECIDA COMO CASA DA COLINA, ELA SE ESTENDE POR MILHARES DE ACRES E É LAR, HÁ GERAÇÕES, DA NOBREZA — OS SENHORES E SENHORAS DE WESTSHIRE.
EMBORA ESTA SEMPRE TENHA SIDO MINHA CASA, EU NÃO ERA DE SANGUE NOBRE. ERA APENAS — E COM ORGULHO — A FILHA DA AMA.
MINHA LINDA GAROTINHA, OLHA SÓ VOCÊ, PARECE COM A MAMÃE. É COMO OLHAR PRO PASSADO, NÃO É?
ENTÃO SEU NOME SERÁ **JOAN**. NÃO VEJO OUTRA ESCOLHA.
ENQUANTO ISSO, NAQUELE MESMO DIA, NAQUELE EXATO INSTANTE, ALGUNS ANDARES ACIMA, A SENHORA DE WESTSHIRE DAVA À LUZ A SEU PRIMOGÊNITO, O HERDEIRO DESTA TERRA E DESTE LAR.
VIU SÓ? UM MENINO, COMO PROMETIDO.
NOSSO **ROGER**. O PRÓXIMO ROGER.
QUE LEGADO VOCÊ ESTÁ HERDANDO, MEU FILHO. E QUE VIDA VOCÊ TERÁ.

A SENHORA DA CASA ERA GENTIL, E PERMITIU QUE MINHA MÃE CUIDASSE DE MIM ENQUANTO AJUDAVA A CRIAR O JOVEM LORDE ROGER.
E, NAQUELE CONTEXTO, NÓS DEMOS NOSSOS PRIMEIROS PASSOS JUNTOS.
DISSEMOS NOSSAS PRIMEIRAS PALAVRAS UM PARA O OUTRO.
ENSINAMOS UM AO OUTRO A BRINCAR.
ENSINAMOS UM AO OUTRO A RIR.
E SIM, APESAR DOS MUITOS PROTESTOS DE MINHA MÃE, ENSINAMOS UM AO OUTRO REPETIDAMENTE COMO BRIGAR.
E... COMO AMAR!

QUANTO AO NOSSO PRIMEIRO BEIJO...
ROGER! HOJE EU FAÇO QUATORZE ANOS, E VOCÊ **TAMBÉM** FAZ QUATORZE ANOS, ENTÃO TEMOS QUE NOS BEIJAR!
TUDO BEM.
BEM...
ELE FOI COMPARTILHADO.
E FOI ADORÁVEL.

NO ENTANTO, CONFORME OS ANOS PASSAVAM, NÓS APRENDEMOS RÁPIDO QUE, AINDA QUE TIVÉSSEMOS NASCIDO NA MESMA MANSÃO ILUSTRE...
AINDA VIVÍAMOS EM DOIS MUNDOS DISTINTOS.
JOAN!
OI, ROGER.
O QUE ACHA DA MINHA ROUPA NOVA? AS BOTAS FORAM UM PRESENTE DE ANIVERSÁRIO DO REI. VIERAM COM UM BILHETE MUITO GENTIL ME DESEJANDO TUDO DE BOM.
E HOJE PAPAI VAI ME LEVAR NA MINHA PRIMEIRA CAÇADA. NÃO É EMOCIONANTE, JOAN?
ISSO É INCRÍVEL, ROGER! APOSTO QUE VOCÊ VAI PEGAR QUARENTA FAISÕES, NO MÍNIMO!
QUERIA QUE VOCÊ PUDESSE VIR, DE VERDADE. ESTOU TÃO ACOSTUMADO A TE TER DO MEU LADO. NADA PARECE CERTO SEM VOCÊ.
NÃO SEJA BOBO.
ANGÉLICA ESTÁ DOENTE, E TENHO QUE LIMPAR AS CORTINAS DO SALÃO PRINCIPAL SOZINHA.
VAI ME LEVAR HORAS. NÃO QUE...
MAS UM DIA EU ADORARIA APRENDER A ATIRAR COMO VOCÊ.
EU ADORARIA... QUE VOCÊ ME ENSINASSE.
VOCÊ VAI, NÃO VAI, ROGER? POR FAVOR, POR FAVOR, ME PROMETA.

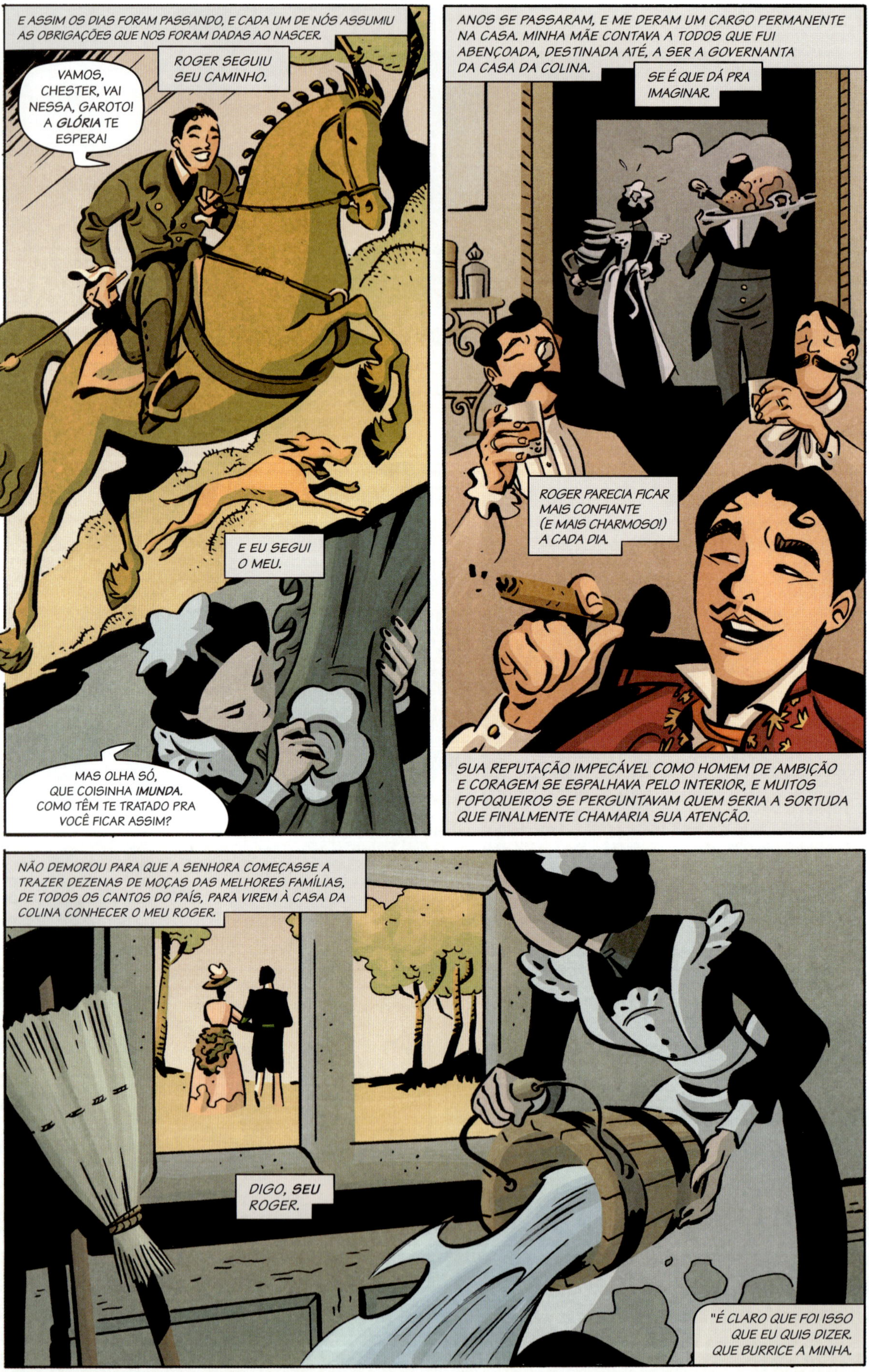
E ASSIM OS DIAS FORAM PASSANDO, E CADA UM DE NÓS ASSUMIU AS OBRIGAÇÕES QUE NOS FORAM DADAS AO NASCER.
ROGER SEGUIU SEU CAMINHO.
VAMOS, CHESTER, VAI NESSA, GAROTO! A GLÓRIA TE ESPERA!
E EU SEGUI O MEU.
MAS OLHA SÓ, QUE COISINHA IMUNDA. COMO TÊM TE TRATADO PRA VOCÊ FICAR ASSIM?
ANOS SE PASSARAM, E ME DERAM UM CARGO PERMANENTE NA CASA. MINHA MÃE CONTAVA A TODOS QUE FUI ABENÇOADA, DESTINADA ATÉ, A SER A GOVERNANTA DA CASA DA COLINA.
SE É QUE DÁ PRA IMAGINAR.
ROGER PARECIA FICAR MAIS CONFIANTE (E MAIS CHARMOSO!) A CADA DIA.
SUA REPUTAÇÃO IMPECÁVEL COMO HOMEM DE AMBIÇÃO E CORAGEM SE ESPALHAVA PELO INTERIOR, E MUITOS FOFOQUEIROS SE PERGUNTAVAM QUEM SERIA A SORTUDA QUE FINALMENTE CHAMARIA SUA ATENÇÃO.
NÃO DEMOROU PARA QUE A SENHORA COMEÇASSE A TRAZER DEZENAS DE MOÇAS DAS MELHORES FAMÍLIAS, DE TODOS OS CANTOS DO PAÍS, PARA VIREM À CASA DA COLINA CONHECER O MEU ROGER.
DIGO, SEU ROGER.
"É CLARO QUE FOI ISSO QUE EU QUIS DIZER. QUE BURRICE A MINHA.

MAS, POR OUTRO LADO...
JOAN...
ROGER?
JOAN, EU... EU QUERIA SABER... BOM, ME DESCULPE...
MAS... SABE... EU ME LEMBRO DE... TER TE *PROMETIDO*... HÁ UM TEMPO... MUITO TEMPO, NA VERDADE... MAS EU DISSE... SE VOCÊ... EU ESTIVE PENSANDO...
BOM, EU ESTAVA COM UM POUCO DE TEMPO E... E PENSEI QUE TALVEZ A GENTE...
TÁ TUDO BEM, GEORGE?
VOCÊ PARECE AFLITO.
JOAN, SERÁ QUE VOCÊ... PODERIA...
EU... EU FICARIA FELIZ SE PUDESSE TE MOSTRAR COMO ATIRAR. TE LEVAR *AGORA*, NA VERDADE.
VOCÊ DISSE QUE *QUERIA* APRENDER, NÃO FOI?
AI, SIM, QUERO MUITO.
ÓTIMO! ISSO É...
É REALMENTE *ÓTIMO!*

ROGER ME LEVOU ATÉ UMA PEQUENA CABANA A MEIA MILHA DE DISTÂNCIA DA CASA, PERTO DA DIVISA COM A FLORESTA.
ELE ME EXPLICOU EDUCADAMENTE QUE ELES DEIXAVAM AS ESPINGARDAS AQUI, E QUE PODÍAMOS PEGÁ-LAS PARA PRATICAR NA FLORESTA.
EU IA GOSTAR, ROGER.
DE PRATICAR, EU DIGO.
SIM, ISSO SERIA...
DE REPENTE, ELE ESTAVA TÃO PERTO DE MIM. EU PODIA SENTIR SEU CORAÇÃO BATER, ASSIM COMO SABIA QUE ELE SENTIA O MEU.
AH, JOAN.
E ENTÃO... AH, E ENTÃO... ELES ESTAVAM BATENDO COMO UM SÓ!
E AÍ? COMO...
SE VOCÊ COMEÇAR A RIR, MINHA QUERIDA JOAN, EU VOU SIMPLESMENTE MORRER!
NÃO.
NÃO, NÃO, NÃO, MEU DOCE, MEU AMOR, MEU ROGER. FOI DIVINO.
MAS NÓS NÃO VIEMOS AQUI PARA ATIRAR?

SEUS LÁBIOS SOBRE OS MEUS. EU DEVERIA ME SENTIR SEGURA, COMO SE TODOS OS PROBLEMAS DE ONTEM FOSSEM MERAS BOLHAS DE SABÃO, TÃO FACILMENTE ESTOURADAS QUANDO ENCONTRAMOS NOSSO FELIZES PARA SEMPRE. MAS AO INVÉS DISSO, EU SABIA QUE ESTÁVAMOS APENAS NO INÍCIO DA...
CAÇADA PELO AMOR!
Capítulo 2
ROGER! MEU FILHO! MEU GAROTO!
COMO PÔDE ENVERGONHAR NOSSA FAMÍLIA DESSE JEITO?! COMO PÔDE TRAIR QUEM VOCÊ É?!
ELSA CHARRETIER Arte
TOM KING Roteiro
MATT HOLLINGSWORTH Cores

DEPOIS DO NOSSO PRIMEIRO — NÃO, SEGUNDO — BEIJO MAGNÍFICO, ROGER E EU VOLTAMOS PARA OS NOSSOS MUNDOS. EU CONTINUEI A CUIDAR DA CASA...
E ELE CONTINUOU SE PREPARANDO PARA O GLORIOSO DESTINO QUE O AGUARDAVA DESDE ANTES DE SEU NASCIMENTO.
SEMPRE QUE NOS VÍAMOS, ERA TUDO TRATADO COM MUITA FORMALIDADE. NA VERDADE, TALVEZ ATÉ MAIS RÍGIDO E ENSAIADO DO QUE ANTES.
SENHORITA PETERSON.
MEU LORDE.
MAS A CADA POUCOS DIAS, ELE ME PROCURAVA E OFERECIA UMA "AULA DE CAÇA", E CORRÍAMOS ATÉ A CABANA ONDE FICAVAM TODAS AS ARMAS.
DEPRESSA, QUERIDA, AS HORAS NÃO SÃO TÃO LONGAS QUANTO PARECEM!
AH, ROGER, SIM!
E LÁ ENCONTRÁVAMOS NOSSO REFÚGIO E TROCÁVAMOS BEIJOS OUTRA VEZ.

SABE, JOAN, MINHA QUERIDA, NÃO PRECISAMOS CONTINUAR COM ESSA FARSA DA CAMINHADA E DOS CÃES. PODÍAMOS APROVEITAR ESSE TEMPO COM MAIS... INTIMIDADE.
QUEM ME DERA FOSSE TÃO SIMPLES, ROGER.
MAS SE NUNCA SAIRMOS DAQUELA CASA, ESSA DESCULPA FRACA VAI SE ESPALHAR PELOS VENTOS MAIS RÁPIDO DO QUE AQUELES PÁSSAROS.
NÃO, TODOS PENSAM QUE VOCÊ É O CAVALHEIRO GENTIL ENSINANDO UM NOVO TRUQUE PARA UMA VELHA E POBRE AMIGA.
E RECEIO QUE DEVEMOS FAZER O POSSÍVEL PARA MANTER ESSA ATUAÇÃO.
KAPOW
OU ARRISCAMOS PERDER TUDO!
FOI UM BOM TIRO, NÃO FOI, ROGER?! ESTOU FICANDO BOA NISSO, NÃO ESTOU?
SIM, MINHA QUERIDA. E MUITO!

SEMANAS SE PASSARAM, AS MAIS FELIZES DA MINHA VIDA. NÃO IMPORTAVA QUAL TRABALHO DURO EU TIVESSE QUE FAZER, POIS MEUS PENSAMENTOS ESTAVAM SEMPRE NA CAÇADA.
NO ROGER E NA CAÇADA, QUERO DIZER.
PORQUE A CAÇADA ERA UMA DESCULPA PARA ESTARMOS JUNTOS ENQUANTO AS TEMPESTADES DE CLASSE E RIQUEZA ESTAVAM SEMPRE TENTANDO NOS AFASTAR.
QUER DIZER...
EU NÃO QUERIA QUE AQUELES DIAS ACABASSEM.
MAS, INFELIZMENTE, SE EXISTE UMA CERTEZA NESTE MUNDO, É QUE NADA DURA PARA SEMPRE.
JOAN! JOAN!
EU VI VOCÊ ANDANDO. ESTAVA ATRÁS DE VOCÊ, TE OLHANDO. E, JOAN, EU NÃO CONSIGO MAIS!
NÃO POSSO VIVER ASSIM NA MINHA PRÓPRIA CASA! ME ESCONDENDO, COMO OS FAISÕES NO CAMPO! ESPERANDO OS CÃES VIREM ATRÁS DE MIM!
JOAN, QUERIDA. A CAÇADA PRECISA ACABAR!
VOCÊ PRECISA SE CASAR COMIGO!
ROGER!

EU ESTAVA EM SEUS BRAÇOS, ONDE SEMPRE DESEJEI ESTAR. MAS, AINDA ASSIM, EU SÓ CONSEGUIA SENTIR MEDO.
NÃO PODEMOS, MEU AMOR... NÃO PODEMOS...
NÃO, JOAN. EU SEI QUE TODAS AS FORÇAS ESTÃO CONTRA NÓS. MAS ELAS NÃO CONHECEM O MEU PODER. NÃO CONSEGUEM ENTENDER A MINHA FORÇA.
AH, COMO SUAS PALAVRAS ME TRANQUILIZARAM. COMECEI A SENTIR UMA CENTELHA DE ESPERANÇA.
MINHA FORÇA QUANDO ESTOU COM VOCÊ.
MAS ENTÃO! NA PORTA! LORDE WESTSHIRE!
PELO AMOR DE DEUS! O QUE É ISSO, ROGER?!
TIRE SUAS MÃOS DESSA PLEBEIA!
PAI! O SENHOR NÃO ENTENDE--
ENTENDO PERFEITAMENTE! NÃO VOU DEIXAR QUE UM CASO SE TORNE UM ESCÂNDALO!
ESSE COMPORTAMENTO NÃO SERÁ TOLERADO NESTA CASA! VOCÊ TEM DEVERES COM O NOME QUE TE DEI, E VOU GARANTIR QUE ELES SEJAM CUMPRIDOS!
PAI, A JOAN NÃO É UM CASO!
EU A AMO!
SLAP
SEU TOLO!
VOCÊ NÃO FAZ IDEIA DO QUE É O AMOR!

DEPOIS DISSO, ROGER FOI EMBORA.
OU MELHOR, SEUS PAIS O ENVIARAM PARA VIVER COM ALGUM PRIMO OU ALGO ASSIM.
EU ESPERAVA SER DEMITIDA, MAS A FAMÍLIA ESTAVA DESESPERADA PARA ESCONDER QUALQUER SINAL DE INDECORO E ACABAR COM QUALQUER RUMOR.
A DEMISSÃO DA AMA AO MESMO TEMPO DA PARTIDA DE ROGER PODERIA GERAR COMENTÁRIOS.
E ISSO ERA SEMPRE ALGO A SER EVITADO.
ENTÃO VOLTEI ÀS MINHAS TAREFAS, LIMPANDO A CASA PARA TODOS OS BONS HOMENS E MULHERES QUE VIVIAM NELA.
TODAS AQUELAS PESSOAS RICAS E BEM-NASCIDAS QUE ESPERAVAM UMA CASA BEM MANTIDA.
PARA ELES, EU ESFREGAVA E LAVAVA E DOBRAVA E VARRIA, E... E...
E OUVIA AS PALAVRAS DO ROGER, DE NOVO E DE NOVO.
"QUERIDA," ELE DIZIA, "A CAÇADA TEM QUE ACABAR!"

MESES SE PASSARAM, E ENTÃO CHEGOU O DIA QUE ESPEREI DESDE ANTES DE NASCER NESTA GRANDE PROPRIEDADE.
NÃO ERA MUITO. APENAS UMA EPÍSTOLA DISCRETAMENTE ENTREGUE PELA LEITEIRA. UMA FRASE MÁGICA EM MEIO ÀS SUAS DECLARAÇÕES DE AMOR TÃO ORNAMENTADAS.
"JOAN, QUERIDA, ME ENCONTRE NO NOSSO LUGAR."
NÃO HESITEI E ASSIM QUE PUDE, CORRI ATÉ A CABANA DE CAÇA.
NÃO CONSEGUIA ACREDITAR QUE ESTAVA MESMO ACONTECENDO. SONHEI COM ESSE MOMENTO POR TANTO TEMPO, MAS OS SONHOS PODEM PARECER TÃO DISTANTES DA REALIDADE!
MAS, LÁ ESTAVA ELE, ME ESPERANDO.
JOAN, MINHA FLOR, ME PERDOE. QUANDO MEU PAI--
EU FUI UM COVARDE, JOAN! NÃO DEVERIA TER IDO EMBORA. MAS EU VOLTEI! NÃO PODIA VIVER SEM VOCÊ! NÃO SEREI MAIS UM COVARDE!
MINHA CHANCE DE ESCAPAR.
CASE-SE COMIGO, JOAN! POR FAVOR, ESQUEÇA TODOS OS PROBLEMAS QUE TIVEMOS OU TEREMOS, E APENAS LEMBRE-SE DE VOCÊ E EU – VOCÊ E EU DO INÍCIO ATÉ O FIM!
CASE-SE COMIGO, QUERIDA! CASE-SE COMIGO!

NÃO.
O QUÊ?
ROGER, QUERIDO, POR FAVOR, QUERO QUE VOCÊ ESCUTE COM ATENÇÃO AS MINHAS PALAVRAS E SAIBA QUE SÃO TODAS SINCERAS.
EU MENTI PRA VOCÊ TANTAS VEZES, MAS É IMPORTANTE QUE VOCÊ SAIBA, QUE TODOS SAIBAM, O QUE ESTOU PRESTES A DIZER – ISSO NÃO É MENTIRA.
JOAN, EU NÃO... O QUÊ?
EU NUNCA IREI ME CASAR COM VOCÊ. NUNCA. E NÃO HÁ NADA QUE POSSA ME FAZER MUDAR DE IDEIA, VOCÊ ENTENDEU? NADA.
E EU NUNCA TE AMEI, POBREZINHO. NUNCA. NEM POR UM ÚNICO INSTANTE.
JOAN! VOCÊ... VOCÊ NÃO SABE O QUE ESTÁ DIZENDO!
SINTO MUITO, ROGER. MESMO.
E NÃO SÓ PELA FARSA, MAS TAMBÉM POR... POR TUDO QUE...
DO LADO DE FORA, EU OUÇO UM CLIQUE, O CÃO DA PISTOLA SENDO PUXADO PARA TRÁS.
TEM ALGUMA COISA ERRADA? O QUE HOUVE COM VOCÊ?
AH, ROGER... COITADO.
A ESSA ALTURA EU JÁ ESTOU ACOSTUMADA.
BANG
GUHH!

COM ROGER SANGRANDO ATRÁS DE MIM, EU ENGATILHO A ESPINGARDA E PREPARO OS NERVOS. FOI UMA JORNADA LONGA E ÁRDUA DESDE A INFÂNCIA ATÉ AQUI, MAS EU NÃO ESPERAVA NADA DIFERENTE NA...
CAÇADA PELO AMOR!
Capítulo 3
O QUE... QUE @#$%# TÁ ACONTECENDO?
CALA A BOCA, ROGER! VOCÊ JÁ TÁ MORTO!
DEIXA EU ME PREOCUPAR COM OS VIVOS!
ELSA CHARRETIER
Arte
TOM KING
Roteiro
MATT HOLLINGSWORTH
Cores

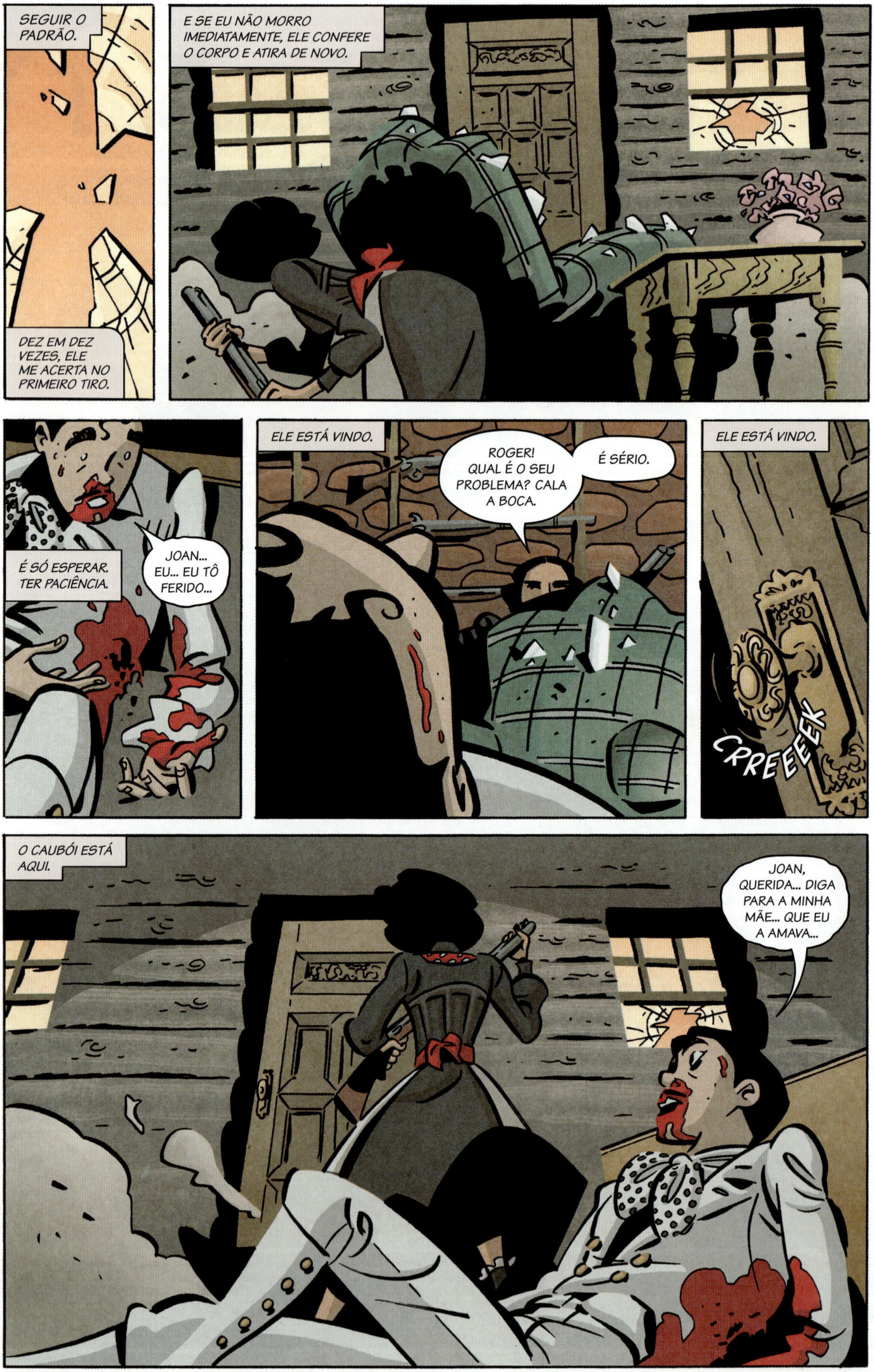
SEGUIR O PADRÃO.
DEZ EM DEZ VEZES, ELE ME ACERTA NO PRIMEIRO TIRO.
E SE EU NÃO MORRO IMEDIATAMENTE, ELE CONFERE O CORPO E ATIRA DE NOVO.
É SÓ ESPERAR. TER PACIÊNCIA.
JOAN... EU... EU TÔ FERIDO...
ELE ESTÁ VINDO.
ROGER! QUAL É O SEU PROBLEMA? CALA A BOCA.
É SÉRIO.
ELE ESTÁ VINDO.
CRREEEEK
O CAUBÓI ESTÁ AQUI.
JOAN, QUERIDA... DIGA PARA A MINHA MÃE... QUE EU A AMAVA...

ESTOU ACOSTUMADA COM O COICE.
VAI SE FERRAR!
BLAM
SEI QUE AINDA TENHO MAIS UM TIRO.
VOCÊ ME OUVIU, CAUBÓI?! VAI SE FERRAR!
BLAM
SEI RECARREGAR A ARMA.
AGORA VOCÊ VAI SENTIR COMO É LEVAR UM TIRO, PRA VARIAR! ACORDAR EM OUTRO LUGAR DE MERDA E EM OUTRO TEMPO DE MERDA!
CLICK
GRAÇAS AO ROGER.
EU NÃO POSSO MORRER, JOAN... EU SOU... O HERDEIRO... ELES DEPENDEM... A VILA INTEIRA DEPENDE...
JOAN... EU TÔ TÃO... MOLHADO...
O BOM E GENTIL ROGER.
JÁ CHEGA.
SE VOCÊ NÃO CALAR ESSA MERDA DE BOCA, ROGER, EU VOU USAR ESSA ARMA PRA ESTOURAR OS SEUS MIOLOS--
CHKK CHKK

ELE DEVERIA ESTAR MORTO.
BLAM
O CAUBÓI ESTÁ MORTO.
BLAM
EU CONSEGUI. DEPOIS DE TODAS ESSAS VIDAS.
BLAM
AINDA ASSIM, AS BALAS RASGAM MEU CORPO.
BLAM
NÃO!
NNNNN...
JOAN!
AOBA!
QUEM É ELE?
JOAN? Q-QUERIDA? JOAN?
AH, DROGA.

EU... EU...
SENHOR, EU... SOU ROGER HENRY CHARLES ANGSTROM... O... FUTURO... *DÉCIMO PRIMEIRO* LORDE DE... WESTSHIRE...
QUEM...
PRAZER EM CONHECÊ-LO, ROGER.
TODO AMIGO DA JOAN É UM AMIGO MEU. *BAITA* GAROTA ESSA JOANIE, NÉ? ELA CONQUISTA A GENTE RAPIDINHO, ISSO EU TENHO QUE ADMITIR.
O QUE... EU NÃO... O QUÊ?
SÓ ME DÁ UM SEGUNDO, ROGER. OK?
TENHO UM *RECADO* PRA ENTREGAR PRA JOAN. DUVIDO QUE ELA ME ESCUTE NESSE ESTADO, MAS EU PROMETI PARA UMA *BOA* MULHER, E PRETENDO CUMPRIR.
JOAN, VOCÊ SE LEMBRA, NÃO? O AMOR É--
JOAN! MINHA QUERIDA!

ROGER, QUE DIABOS VOCÊ PENSA QUE TÁ FAZENDO?
SE GRITAR DESSE JEITO, ALTO ASSIM, ACHA QUE A JOAN VAI CONSEGUIR OUVIR UMA PALAVRA DO QUE EU TENHO PRA DIZER?
ISSO É IMPORTANTE, GAROTO, FECHA A MATRACA.
QUERO DIZER... JESUS, ROGER, NÃO--
EI, CAUBÓI... VOCÊ NÃO OUVIU...?
BLAM
A CAÇADA ACABOU.

PRONTO.
NNNNN...
O QUE... VOCÊ TÁ FERIDA... AH, JOAN... MEU DEUS...
O QUE... O QUE ACONTECEU... EU TÔ MORRENDO... JOAN... NÓS ESTAMOS... MORRENDO...
EU PENSEI... VIM TE DIZER... QUE A GENTE DEVIA... EU TE AMO...
EU... TE AMO... JOAN... MINHA QUERIDA JOAN, EU SEMPRE... SEMPRE...
EU... EU... TE AMO...
TUDO O QUE... IMPORTA... ISSO NÃO...
É QUE NÓS... NÓS SOMOS... VOCÊ E... JOAN, QUERIDA... NOSSO... AMOR...
SÓ O AMOR... IMPORTA...

ROGER...
SIM... SIM... MINHA QUERIDA...
VOCÊ SABE O QUÃO... DIFÍCIL... É... LIMPAR... A SUJEIRA DE ALGUÉM... ATÉ...
...ATÉ...

CONTINUA.

3
"TARDE DEMAIS PARA O AMOR!"
POBREZINHA, VOCÊ SÓ PRECISA APRENDER QUE EXISTE UM MUNDO MAIOR LÁ FORA. ELE NÃO VALE SUAS LÁGRIMAS!
O QUE VOCÊ SABE, SUA VELHOTA?! EU VOU TER AQUILO QUE VOCÊ NUNCA TEVE! EU VOU TER AMOR!

DE ALGUM LUGAR DISTANTE, OUVI OS GRITOS AGUDOS DA BIBLIOTECÁRIA. MAS SEUS PROTESTOS BARATOS SUMIRAM ENQUANTO EU ME DERRETIA NO TOQUE DO FRED. NADA DO QUE ELA DISSESSE ME IMPEDIRIA! PARA MIM NÃO ERA...
TARDE DEMAIS PARA O AMOR
CAPÍTULO 1
O QUE PENSAM QUE ESTÃO FAZENDO?!
POBRE SENHORA! ESTAMOS APENAS TENDO O QUE VOCÊ TANTO DESEJA, MAS NUNCA PODERÁ TER! AMOR ETERNO!
CLUBE DO LIVRO
ELSA CHARRETIER
ARTE
TOM KING
ROTEIRO
MATT HOLLINGSWORTH
CORES

HOJE ERA O ÚLTIMO DIA DO ENSINO MÉDIO. EU VIAJARIA PARA O ACAMPAMENTO EM UMA SEMANA, E DEPOIS PRA FACULDADE, DO OUTRO LADO DO PAÍS.
JOAN
O QUE SIGNIFICA QUE, POR UM LADO, ERA UM DIA MUITO ESPECIAL. MAS POR OUTRO...
BILL! POR QUE EU TENHO QUE FAZER *TUDO* NESTA CASA?!
...ERA COMO OUTRO DIA QUALQUER.
VOCÊ DISSE QUE IA LEVAR O LIXO *ONTEM* À NOITE! E O QUE EU ENCONTRO QUANDO DESÇO HOJE?!
PELO AMOR DE DEUS, PATTIE, EU DORMI. ME PERDOA.
DORMIU?! ESSA É A SUA DESCULPA?! BOM, AS GARRAFAS NO LIXO QUE VOCÊ NÃO LEVOU PARECEM CONTAR UMA HISTÓRIA BEM *DIFERENTE!*
PATTIE! VOCÊ NÃO FAZ A MENOR *IDEIA* DO QUE TÁ FALANDO!
E NINGUÉM NEM NOTOU QUE EU SAÍ.

FRED E EU ESTÁVAMOS SAINDO HÁ DOIS MÁGICOS ANOS.
EI, JOAN! VOCÊ TÁ LINDA HOJE! POSSO CARREGAR SEUS LIVROS?
FRED, VOCÊ PEDE TODOS OS DIAS. EU JÁ DISSE NÃO ALGUMA VEZ?
NÃO VOU NEGAR, EU O AMAVA PROFUNDAMENTE, COM TODO MEU SER.
VAI TER UMA FESTA NO LAGO SEMINAL DEPOIS DA AULA, PRA COMEMORAR O FIM DO ANO. QUE TAL A GENTE IR JUNTO?
PARECE ÓTIMO! QUE TAL NOS ENCONTRARMOS NA BIBLIOTECA? PRECISO DEVOLVER ALGUNS LIVROS. NÃO QUERO QUE FIQUEM ATRASADOS.
MAS EU NÃO SABIA SE AQUELE AMOR IRIA DURAR.
BELEZA! EU TE PEGO NA BIBLIOTECA ÀS QUATRO! NÃO SE ESQUEÇA DE TRAZER UM MAIÔ!
EU ACABEI DE COMPRAR UM NOVO, FRED! ACHO QUE VOCÊ VAI ADORAR!
ENQUANTO EU VOU CRUZAR O PAÍS NO OUTONO, O FRED VAI ESTUDAR NA FACULDADE ESTADUAL, A POUCOS QUILÔMETROS DAQUI.
OK, MEUS JOVENS GRADUANDOS, ANTES DE DEIXÁ-LOS IR, MOSTREM QUE APRENDERAM ALGO: ALGUÉM SABE ME DIZER AS ÚLTIMAS PALAVRAS DO CÂNDIDO, DE VOLTAIRE?
SIM, JOAN?
"DEVEMOS CULTIVAR NOSSO JARDIM."
MUITO BOM, JOAN! EXCELENTE COMO SEMPRE.

NAQUELA TARDE, DEVOLVI MEUS LIVROS NA BIBLIOTECA LOCAL.
EU QUERIA DEVOLVER ESSES.
CLARO, MAS NÃO VAI PEGAR MAIS NENHUM? ISSO NÃO COMBINA COM VOCÊ, JOAN.
PARA SER SINCERA, FIQUEI CHOCADA POR ELA SABER MEU NOME. ELA TINHA SIDO A BIBLIOTECÁRIA ALI DESDE QUE EU ERA CRIANÇA. MAS EU NUNCA SOUBE O DELA.
AH, É FIM DE ANO, E EU VOU EMBORA LOGO. NÃO PRECISO LEVAR NADA COMIGO.
VAI DEIXAR TUDO PRA TRÁS? QUE BOM PRA VOCÊ, QUERIDA. É BOM SE SENTIR LIVRE.
O QUE ELA QUIS DIZER COM ISSO? "DEIXAR TUDO PRA TRÁS." "É BOM SE SENTIR LIVRE." ELA DISSE COMO SE SOUBESSE DO FRED!
UNDAMENTOS
ENSINO MÉDIO
ATEMÁTICA
O QUE ELA SABE SOBRE ISSO? É UMA SOLTEIRONA! NUNCA SOUBE O QUE É AMOR DE VERDADE! O QUE SIGNIFICA DEIXAR O AMOR PRA TRÁS?
MEUS PROBLEMAS SÃO MEUS, NÃO DELA! NEM SEI POR QUE FIQUEI TÃO INCOMODADA...
LÁ FORA, ENCONTREI FRED ME ESPERANDO. E TODOS OS PENSAMENTOS SOBRE A VELHA SOLTEIRONA E SEUS MONTES DE LIVROS DESAPARECERAM COMO UMA GOTA DE CHUVA AFUNDANDO NO OCEANO.
E AÍ, GATA!
PRONTA PRA NADAR?!

FRED E EU FOMOS NADAR, COMO TÍNHAMOS PLANEJADO, E NOS DIVERTIMOS MUITO, BRINCANDO E RINDO NO LAGO.
E QUANDO TERMINAMOS DE BRINCAR, ELE ME PEGOU PELOS BRAÇOS E O FRIO DA ÁGUA SUBIU PELA MINHA ESPINHA E MEU CORPO INTEIRO TREMEU DE FELICIDADE.
VOCÊ VAI **REALMENTE** DEIXAR TUDO ISSO, JOAN? VAI **ME** DEIXAR?
E PELO QUÊ? UMA FACULDADE **CHIQUE,** NUMA CIDADE **CHIQUE?**
COMO **ISSO** PODE SER MAIS IMPORTANTE DO QUE O QUE TEMOS AQUI?
MEUS PAIS SE CASARAM LOGO DEPOIS DO ENSINO MÉDIO, E OLHA SÓ PRA ELES, FRED.
EU SEMPRE JUREI **NÃO** SER COMO ELES. A MINHA VIDA INTEIRA REPETI ISSO. SABE O QUE É UM **VOTO? É UMA PROMESSA QUE VOCÊ FAZ** PRA SI MESMA.
NÃO CONSIGO ME FORÇAR A QUEBRAR ISSO!
MAS E QUANTO ÀS PESSOAS QUE **NÃO SÃO** SEUS PAIS, COMO AQUELA BIBLIOTECÁRIA DE QUEM VOCÊ SEMPRE FALA. PESSOAS QUE NUNCA ENCONTRARAM O QUE NÓS ENCONTRAMOS?
VOCÊ QUER ACABAR COMO **ELA?** CARIMBANDO LIVROS AO INVÉS DE ESTAR COM ALGUÉM QUE VOCÊ **AMA,** ALGUÉM QUE TE AMA DE VOLTA?
É ISSO **MESMO** QUE VOCÊ QUER?

NAQUELA NOITE, SONHEI COM UM FUTURO. CHEIO DE FELICIDADE, PROMESSAS E AMOR.
JOAN ANDERSON, VOCÊ ACEITA FRED LANDSTREET COMO SEU FIEL E LEGÍTIMO ESPOSO?
SIM! PROMETO! PROMETO! PROMETO!
PROMETE AMÁ-LO E RESPEITÁ-LO, NA SAÚDE E NA DOENÇA, ENQUANTO OS DOIS VIVEREM?
E ENTÃO SONHEI COM OUTRO FUTURO. UM QUE ERA CHEIO DE NADA. ERA SÓ VAZIO.
É SÁBADO À NOITE! VOCÊ TEM PLANOS PARA HOJE, SENHORITA ANDERSON?
Expressões em Francês
Geometria
História Americana
AH, SABE, ACHO QUE VOU PRA CASA FAZER O QUE EU FAÇO TODAS AS NOITES.
VOU JANTAR SOZINHA NA MINHA MESA. DEPOIS VOU PEGAR UM LIVRO PRA LER SOZINHA, E DEPOIS DORMIR SOZINHA NA MINHA ENORME CAMA.
VAI SER BOM E TRANQUILO. COMO SEMPRE.

QUANDO ACORDEI, JURO QUE PODIA OUVIR O BATER DO RELÓGIO ENQUANTO O TEMPO PASSAVA, ENQUANTO EU FICAVA CADA VEZ MAIS PERTO DE DEIXAR UMA VIDA PARA ENCONTRAR OUTRA.
CLCK CLCK
ME LEVOU ALGUNS SEGUNDOS ATÉ PERCEBER QUE O BARULHO VINHA DE PEDRINHAS BATENDO CONTRA A MINHA JANELA. UM CHAMADO DA RUA LÁ EMBAIXO.
CLCK
CLCK
FRED! O QUE-- O QUE VOCÊ TÁ FAZENDO?!
VOCÊ SABE QUE HORAS SÃO?!
JOAN! EU NÃO AGUENTO MAIS! NÃO POSSO TE DEIXAR IR EMBORA!
EU TE AMO, JOAN! DOS PÉS À CABEÇA! EU PRECISO DE VOCÊ AQUI! COMIGO!
JOAN ANDERSON! QUER SE CASAR COMIGO?!
EU NÃO RESPONDI. AINDA NÃO ESTAVA PRONTA PARA ABRIR MÃO DA MINHA PROMESSA.
MAS EU SENTI SUAS PALAVRAS ME PUXAREM, COMO A GRAVIDADE PUXOU A MAÇÃ DE NEWTON.
NO DIA SEGUINTE, ENQUANTO A CHUVA CAÍA, ME VI VOLTANDO À BIBLIOTECA.

CÂNDIDO?
TIVEMOS QUE LER EM AULA.
AS AULAS NÃO ACABARAM?
SIM, SIM. NÃO SEI *POR QUE* EU PEGUEI DE NOVO.
NÃO SAIU DA MINHA MENTE, EU ACHO. MINHA MENTE TEM ESTADO EM TODA PARTE ULTIMAMENTE. MAS NÃO PARECE PERTO DE CHEGAR A LUGAR ALGUM.
POSSO TE PERGUNTAR UMA COISA? ALGO UM POUCO, NÃO SEI, *PESSOAL.*
NÃO PRECISA RESPONDER SE NÃO QUISER. NÃO QUERO TE DEIXAR DESCONFORTÁVEL.
PODE PERGUNTAR O QUE QUISER, QUERIDA.
SOU UM LIVRO ABERTO.
VOCÊ É... VOCÊ CONSEGUE... COM A *VIDA* QUE TEM...
ME DESCULPA, MAS...
VOCÊ É *FELIZ?*

FOI HÁ DÉCADAS, MAS PARECE ONTEM. BILL E EU NAMORAMOS POR ANOS DURANTE O ENSINO MÉDIO. ELE QUIS SE CASAR COMIGO, MAS EU QUERIA ALGO MAIS DO QUE A PEQUENA E PACATA VIDA QUE ELE OFERECIA. EU DIZIA PARA ELE QUE ERA...
TARDE DEMAIS PARA O AMOR
CAPÍTULO 2
BILL! POR QUE AMAR O QUE VOCÊ NÃO PODE TER?! EU ESTOU BEM AQUI! NÃO VOU A LUGAR NENHUM!
JOAN! NÃO VÁ EMBORA! EU TE AMO, NÃO POSSO VIVER SEM VOCÊ!
AMOR! AMOR! AMOR! ELES SÓ SABEM FALAR DE AMOR. O MUNDO É MAIOR QUE ISSO! TEM QUE SER!
ELSA CHARRETIER
ARTE
TOM KING
ROTEIRO
MATT HOLLINGSWORTH
CORES

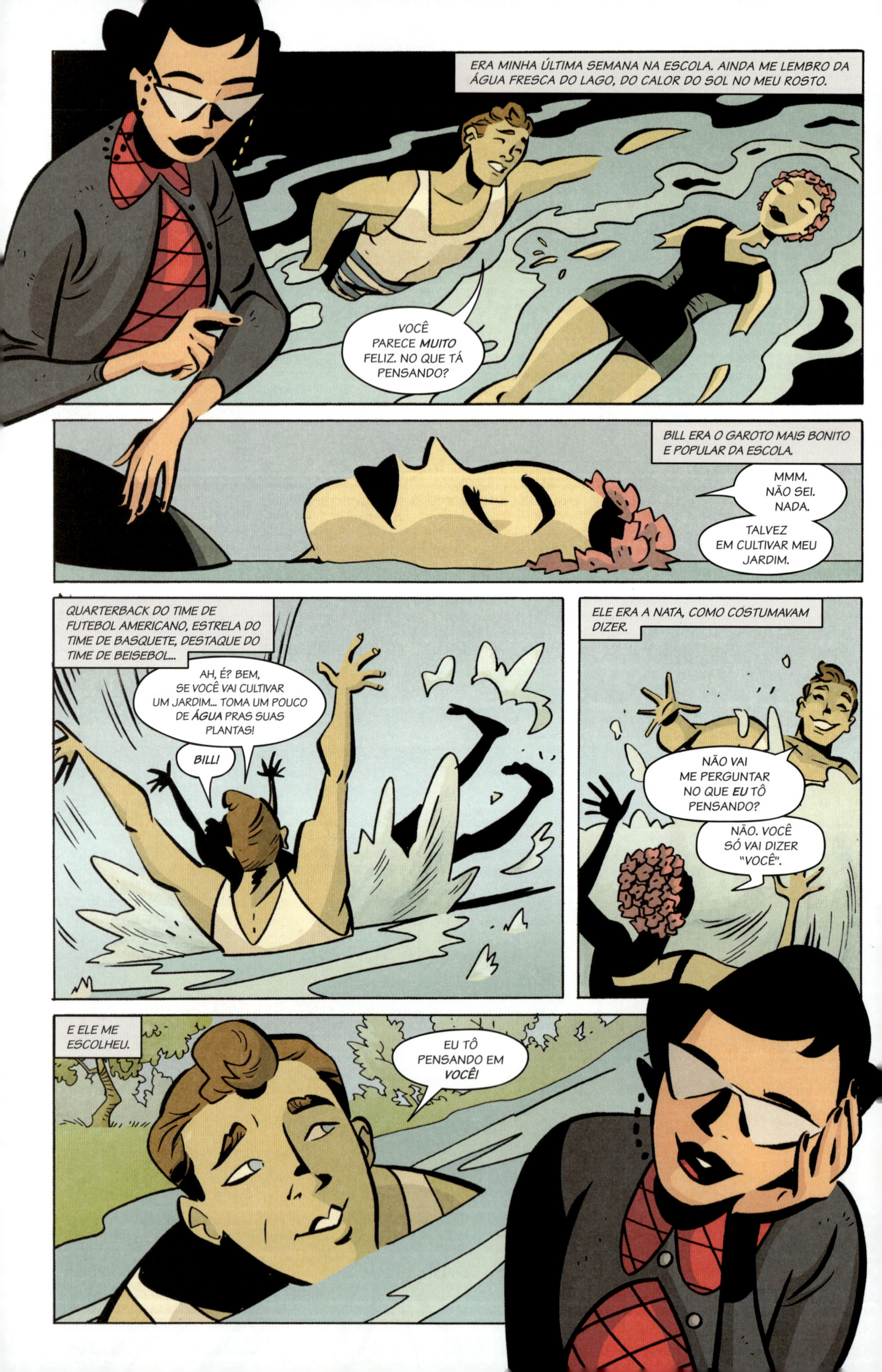
ERA MINHA ÚLTIMA SEMANA NA ESCOLA. AINDA ME LEMBRO DA ÁGUA FRESCA DO LAGO, DO CALOR DO SOL NO MEU ROSTO.
VOCÊ PARECE **MUITO** FELIZ. NO QUE TÁ PENSANDO?
BILL ERA O GAROTO MAIS BONITO E POPULAR DA ESCOLA.
MMM. NÃO SEI. NADA.
TALVEZ EM CULTIVAR MEU JARDIM.
QUARTERBACK DO TIME DE FUTEBOL AMERICANO, ESTRELA DO TIME DE BASQUETE, DESTAQUE DO TIME DE BEISEBOL...
AH, É? BEM, SE VOCÊ VAI CULTIVAR UM JARDIM... TOMA UM POUCO DE **ÁGUA** PRAS SUAS PLANTAS!
BILL!
ELE ERA A NATA, COMO COSTUMAVAM DIZER.
NÃO VAI ME PERGUNTAR NO QUE **EU** TÔ PENSANDO?
NÃO. VOCÊ SÓ VAI DIZER "VOCÊ".
E ELE ME ESCOLHEU.
EU TÔ PENSANDO EM **VOCÊ**!

ENTÃO VOCÊ É UM TONTO, BILL ANDERSON! TODO MUNDO SABE QUE ELA SÓ SE IMPORTA COM LIVROS E MAPAS E COM A ESCOLA, E COM MAIS NINGUÉM!
PATTIE PANZA, ASSIM COMO BILL, ERA MUITO POPULAR. CAPITÃ DAS LÍDERES DE TORCIDA E DE VÁRIOS OUTROS CLUBES DA ESCOLA.
E ELA DEFINITIVAMENTE NÃO SE IMPORTA COM VOCÊ! NÃO COMO EU ME IMPORTO!
TODOS DIZIAM QUE PATTIE E BILL ESTAVAM DESTINADOS UM PRO OUTRO.
QUEM TE CONVIDOU, PATTIE?! ESSA É UMA FESTA PARTICULAR!
ERA SIMPLESMENTE ALGO QUE PARECIA ÓBVIO PARA TODO MUNDO.
ESTE É UM LAGO PÚBLICO! POSSO FICAR AQUI SE EU QUISER! DIFERENTE DELA, EU REALMENTE GOSTO DE FICAR PERTO DE VOCÊ! EU GOSTO DE VOCÊ!
ISSO É GOSTAR DE MIM?! VIR AQUI E FICAR GRITANDO ASSIM? ME ATRAPALHANDO?!
ELES NASCERAM PARA SER RAINHA E REI DA NOSSA PEQUENA CIDADE.
ELA SÓ TÁ BRINCANDO COM VOCÊ, BILL! POR QUE NÃO ENXERGA ISSO?!
EU NEM SEI DO QUE VOCÊ TÁ FALANDO!

ESPERA, VOCÊ DISSE... BILL? E PATTIE...
MINHA MÃE E MEU PAI?
VOCÊ TEM OS OLHOS ESCUROS DELA, NÃO OS OLHOS AZUIS BRILHANTES DELE.
ÀS VEZES EU OLHO PARA O CÉU E EU DEVERIA VER TODA A INFINIDADE DO PARAÍSO, MAS EU ME PEGO...
...OLHANDO PARA O PASSADO, NOS OLHOS DO JOVEM BILL ANDERSON.
SABE, ELA TEM RAZÃO. ELA TE AMA, E VOCÊS SÃO PERFEITOS UM PRO OUTRO.
VOCÊS DOIS QUEREM VIVER AQUI, CRIAR UMA FAMÍLIA AQUI. E EU... BEM...
VOCÊ E PATTIE. É COMO DEVE SER.
VOCÊ TÁ CERTA. ISSO É O QUE EU QUERO, O QUE EU SEMPRE QUIS. FICAR AQUI.
MAS EU ACHO, JOAN, QUE SE VOCÊ BUSCAR NO SEU CORAÇÃO, VOCÊ VAI VER QUE ISSO É O QUE VOCÊ TAMBÉM QUER.
ESTA É A CIDADE ONDE CRESCEMOS, ONDE TE CONHECI, ESTE CAMPO, A RUA PRINCIPAL, A LOJA DO EDMOND, A SORVETERIA DO CAMINO... É O NOSSO LAR. É ONDE NÓS PERTENCEMOS.
EU VOU VIVER MINHA VIDA BEM AQUI, E VOU VIVER ELA COM VOCÊ!
CASA COMIGO, JOAN!

MEU PAI! ELE TE PEDIU-- EM CASAMENTO?!
VOCÊ?!
FOI HÁ MUITO TEMPO. NÃO PRECISA SE PREOCUPAR.
SENTE-SE, JOAN.
MINHA MÃE E MEU PAI... ELES NUNCA, NUNCA PARECERAM ESTAR APAIXONADOS. NÃO COMO EU E O FRED...
EU SEMPRE PENSEI QUE ERA PORQUE... ERA ASSIM QUE TODO AMOR ACABAVA.
MAS TALVEZ... TALVEZ EXISTA ALGO MAIS. TALVEZ...
POR FAVOR, SENTE-SE, JOAN.
MINHA HISTÓRIA AINDA NÃO ACABOU.
Geometria
NÃO SEI... É...
POR QUE AS COISAS SÃO ASSIM?

DEPOIS QUE SEU PAI ME PEDIU EM... BEM, NÃO SEI SE PEDIR É A PALAVRA CERTA. DEPOIS QUE ELE DISSE QUE PRECISÁVAMOS NOS CASAR.
EU VIM ATÉ AQUI. NESTA EXATA BIBLIOTECA.
SABE, EU ERA COMO VOCÊ. VIVIA EM LIVROS, E SONHAVA SEUS SONHOS.
EU SABIA QUE HAVIA UM MUNDO LÁ FORA MAIOR DO QUE UMA RUA E UM LAGO.
E UM GAROTO.
JOAN, ME DIGA SUA RESPOSTA! ME FAÇA O HOMEM MAIS FELIZ DO MUNDO!
AH, BILL, COMO EU QUERIA PODER. EU SONHO EM ANDAR AO SEU LADO E SEGURAR SUA MÃO PELO RESTO DA MINHA VIDA.
TE BEIJAR, FAZER AMOR COM VOCÊ, TER FILHOS COM VOCÊ...
MAS... EU SEI...
MESMO QUE EU QUEIRA... ISSO NUNCA PODERÁ SER...
MAS ASSIM COMO EU SABIA QUE ISSO ERA VERDADE, EU SABIA QUE ERA VERDADE QUE EU AMAVA SEU PAI, PROFUNDAMENTE E COM TODO MEU SER.
VOLTA
CÂNI
OU O OTIM
SABIA QUE MINHA VIDA SEMPRE SERIA INCOMPLETA SEM ELE.
EU NÃO POSSO ME CASAR COM VOCÊ, BILL.
ME DESCULPA. POR FAVOR... ME PERDOA...

EU PARTI.
DEIXANDO
CIDADE
Volte L
VISITEI TODOS OS CANTOS DO PAÍS – NOVA YORK, WASHINGTON, ATLANTA, LOS ANGELES.
FICAVA EM UM EMPREGO POR DOIS OU TRÊS MESES, E DEPOIS SEGUIA PARA ALGUM LUGAR NOVO.
QUANDO SENTIA QUE TINHA IDO LONGE O BASTANTE, EU IA UM POUCO MAIS.
EU VIAJEI POR OCEANOS.
PARIS, ROMA, CAIRO, PEQUIM, TÓQUIO, E MUITOS OUTROS. PROVAVELMENTE MAIS DE UMA DÚZIA.
EU ENCONTRAVA UM LUGAR PARA SER EU MESMA E APROVEITAR MINHA COMPANHIA.
CAFE DE LA PAIX
E BEM QUANDO EU COMEÇAVA A ME ACOMODAR DE VERDADE, CONFORTÁVEL O BASTANTE PARA SER DIFÍCIL PARTIR... EU SEGUIA EM FRENTE.
AÍ UM DIA, SEM PENSAR, EU PEGUEI UM AVIÃO DE VOLTA PRA CASA.
NÃO FOI NADA ALÉM DISSO. FUI DORMIR NA MINHA CAMA EM ALGUM LUGAR DO MUNDO, E ACORDEI EM UM AVIÃO EM DIREÇÃO AO OESTE.
COMO SE HOUVESSE UM CORDÃO PRESO EM MIM, E ALGUÉM O ESTIVESSE PUXANDO TODO O TEMPO EM QUE EU ESTIVE FORA.
E DEPOIS DE TODOS ESSES ANOS, TODAS AS VIAGENS, EU ESTAVA MUITO CANSADA... EU... JÁ NÃO... CONSEGUIA MAIS PUXAR A CORDA DE VOLTA. NÃO TINHA MAIS FORÇAS.
E EU ME RENDI.

ME VI DE VOLTA AOS MEUS LIVROS. TODOS AQUELES SONHOS QUE LI E VIVI AGORA ME CERCAVAM ENQUANTO EU FICAVA MAIS VELHA.
É UMA CIDADE TÃO PEQUENA, E O INEVITÁVEL ACABOU ACONTECENDO.
PRECISO SOLETRAR DE NOVO? TALVEZ SE VOCÊ PASSASSE MAIS TEMPO EM CASA AO INVÉS DE--
MINHA NOSSA! É VOCÊ!
JOAN! VOCÊ... VOCÊ VOLTOU! POR ONDE VOCÊ ESTEVE? EU ESCREVI PARA O ENDEREÇO QUE SEUS PAIS ME DERAM E--
AH, QUE MARAVILHA TE VER DE NOVO!
BILL, POR FAVOR--
VOCÊ LEMBRA DA PATTIE, NÉ? A GENTE--
E ESSA É MINHA FILHA... ELA TEM NOVE ANOS AGORA... ELA É...
VAI, CONTA PRA ELA, SEU COVARDE. DIZ PRA ELA O QUE VOCÊ ME FEZ FAZER COM A NOSSA FAMÍLIA.
O NOME DELA ERA JOAN, ELE DISSE.
SUA FILHA-- SUA DOCE E ADORÁVEL FILHA, QUE TINHA OS OLHOS DA MÃE.
ELE TINHA DADO O MEU NOME PARA ELA.

SENTI SEUS BRAÇOS FORTES E MÁSCULOS AO MEU REDOR, ME PUXANDO PARA MAIS PERTO. ESTE ERA O MEU VERDADEIRO LAR — NÃO A EMOÇÃO DA AVENTURA, MAS A PAZ CRESCENTE DENTRO DE MIM AO SABER QUE EU NÃO TINHA COMETIDO UM ERRO. QUE NÃO ERA...
TARDE DEMAIS PARA O AMOR
CAPÍTULO 3
CLUBE DE TEATRO!
VOTE KINSLE
FRED! EU FIZ A MINHA ESCOLHA! EU ESCOLHO VOCÊ! MEU AMOR! SÓ VOCÊ!
ELES SÃO PERFEITOS UM PRO OUTRO. É O FINAL FELIZ QUE TODOS MERECEM. MAS POR QUÊ – ENQUANTO ELE A ABRAÇA – POR QUE ELE ESTÁ OLHANDO PRA MIM?!
BAILE DE INVERNO
HISTÓRIA AMERICANA
ELSA CHARRETIER
ARTE
TOM KING
ROTEIRO
MATT HOLLINGSWORTH
CORES

EU NÃO SABIA O QUE FAZER. MINHA VIDA INTEIRA PARECIA UMA CASA FEITA DE NEVE, E O SOL ESTAVA NASCENDO, E TUDO ESTAVA DERRETENDO. TUDO ESTAVA COMEÇANDO A ESCAPAR POR ENTRE MEUS DEDOS.
O QUE EU QUERIA? DO QUE HAVIA DESISTIDO? EU ESTAVA PERDIDA? OU TINHA ME ENCONTRADO?
MIL PERGUNTAS DISPARAVAM PELA MINHA MENTE, E SEMPRE QUE EU TENTAVA RESPONDER UMA, OUTRA CHEGAVA ATROPELANDO.
E BEM QUANDO A NÉVOA NA MINHA MENTE FICOU DENSA DEMAIS PARA ATRAVESSAR, EU ENXERGUEI POR ENTRE AS LÁGRIMAS E VI...
FRED!
JOAN?
EU ESTAVA ESPERANDO, MAS NÃO AGUENTAVA MAIS, ENTÃO VIM TE PROCURAR. EU SEI QUE VOCÊ GOSTA DA BIBLIOTECA E EU SÓ...
EU PRECISAVA OUVIR--
AH, FRED!

FUI UMA *IDIOTA!* A BIBLIOTECÁRIA, ELA ME EXPLICOU, MEUS PAIS NUNCA ESTIVERAM REALMENTE APAIXONADOS! MEU PAI ERA APAIXONADO POR *ELA*, E ELA FUGIU!
MEU PAI É ASSIM PORQUE *PERDEU* O AMOR, NÃO PORQUE O *ENCONTROU!* ELE ATÉ ME DEU O NOME DELA, *JOAN!*
FRED, EU TENHO TENTADO *MUITO* NÃO SER COMO MEUS PAIS, CORRENDO DO AMOR.
MAS FOI ALGUÉM QUE *FUGIU* DO AMOR QUE FEZ MEUS PAIS SEREM QUEM *SÃO!*
ISSO... QUER DIZER...
SIM, FRED! A RESPOSTA É *SIM!*
EU NÃO VOU A LUGAR NENHUM! VOU FICAR *AQUI!* COM VOCÊ! É AQUI QUE VAMOS VIVER! É AQUI QUE VAMOS CONSTRUIR A *NOSSA* FAMÍLIA!
Cougars
JOAN! NEM SEI *EXPLICAR* O QUANTO ESSAS PALAVRAS SIGNIFICAM! ISSO É TÃO *INCRÍVEL!*
SÓ ME BEIJE, MEU AMOR. *ME BEIJE* E MOSTRE QUE AINDA SOMOS JOVENS, QUE O FUTURO NOS ESPERA, E QUE NÃO É TARDE DEMAIS PARA--
NAQUELE MOMENTO, QUANDO SEUS LÁBIOS SE ENCONTRARAM COM OS MEUS, CADA PENSAMENTO CONFUSO QUE EU TIVE CRISTALIZOU EM UMA FILOSOFIA PURA--
ONDE QUER QUE EU ESTEJA, *ALI* ESTÁ O MEU JARDIM!

ACHO QUE AGORA SÓ NOS RESTA UMA *VIDA INTEIRA* DE FELICIDADE.
VAMOS COMEÇAR?
SIM! HAHAHA. AGORA ESTOU PRONTA. VAMOS--
AH, NÃO! COM ESSA CHUVA, EU ESTAVA USANDO MEU *CACHECOL*. AÍ EU ME ATRAPALHEI TODA E ACABEI DEIXANDO ELE NA BIBLIOTECA.
SÓ ME DÁ *UM* SEGUNDO...
NEM *PENSAR!* VOCÊ JÁ PASSOU TEMPO SUFICIENTE COM AQUELES *LIVROS* E AQUELA *MULHER!*
EU PEGO SEU CACHECOL! E *VOCÊ* CORRE PRA CASA E CONTA PROS SEUS PAIS A BOA NOTÍCIA!
NÃO QUERO VOCÊ AQUI FORA PEGANDO UMA PNEUMONIA.
OK, MEU AMOR... MEU... *NOIVO!*
ODEIO INTERROMPER A DISCUSSÃO DELES, MAS VOU CONTAR! TALVEZ LEMBRAR QUE O AMOR VERDADEIRO AINDA EXISTE *AJUDE* ELES!
TE VEJO DAQUI A POUCO, FRED! NÃO É MUITO TEMPO, MAS VOU SENTIR *SAUDADE!*
HAHAHA. ATÉ DAQUI A POUCO, JOAN! NÃO SE PREOCUPE, NÃO VOU DEMORAR!

BIBLIOTECA
SCOLA

POIS NÃO, QUERIDO. POSSO AJUDAR?
NÃO, NÃO. TÔ DE BOA.
SÓ TÔ DANDO UMA OLHADA, PROCURANDO ALGO PERDIDO.
ACREDITE SE QUISER, ESSA É A MINHA PRIMEIRA VEZ AQUI. NUNCA GOSTEI MUITO DE LER HISTÓRIAS, NUNCA VI A UTILIDADE.
PARECE QUE JÁ TEM COISA DEMAIS NA VIDA, NÃO PRECISO PROCURAR MAIS NADA EM OUTRO LUGAR.
HM, NÃO SEI QUANTO A ISSO, RAPAZ.
SÓ TÔ DIZENDO, EU NÃO PRECISO DE ROMEU E JULIETA.
NÃO QUANDO O MUNDO AQUI TEM BILL ANDERSON E *JOAN PETERSON.*
COMO...
...É...?

QUANTO TEMPO, JOAN.
TEMPO DEMAIS, TALVEZ.
MERDA.
NÃO VOU MENTIR, LEVAR UM TIRO NO ROSTO ME ATRASOU. QUANDO FINALMENTE TE ALCANCEI, VOCÊ JÁ TINHA PEGADO O ÔNIBUS PRA FORA DA CIDADE.
PASSEI MUITOS ANOS PROCURANDO POR VOCÊ. DE CIDADE EM CIDADE. PAÍS EM PAÍS. NÃO DAVA PRA VOCÊ FICAR PARADA POR UM TEMPO, GAROTA?
TENHA UM POUCO DE DÓ DE UM VELHO CAUBÓI.
VOCÊ NÃO ME PARECE TÃO VELHO.
VOCÊ FICARIA SURPRESA COM O QUÃO ANTIGO EU SOU.
FICARIA CHOCADA.

MEU DEUS...
O QUE É ISSO? QUAL É O SENTIDO DISSO TUDO? SE EU FUJO, TÔ FERRADA. SE EU FICO, TÔ FERRADA. SE EU LUTO, TÔ FERRADA. SE EU DEITO DE BARRIGA PRA CIMA, TÔ FERRADA!
VOCÊ É REAL? E EU, SOU?
EU NÃO ENTENDO O QUE É ESSA MERDA!
DEPOIS DE TANTAS VIAGENS, EU FINALMENTE PERDI O SEU RASTRO EM ALGUM LUGAR PERTO DE BAGDÁ.
PASSEI UM TEMPO SÓ VAGANDO, PROCURANDO E PROCURANDO.
AÍ UM DIA EU ME TOQUEI. POR QUE EU TÔ PROCURANDO? POR QUE NÃO TOMAR UMA CERVEJA GELADA, CURTIR O SOL NO ROSTO E A LAMA NAS BOTAS?
QUAL ERA O MEU PROBLEMA?
E BEM ALI EU SOUBE ONDE VOCÊ ESTAVA. ERA SÓ QUESTÃO DE TEMPO.
NÃO SÃO SÓ PALAVRAS, NÉ?
EU PRECISAVA TE ENCONTRAR. E VOCÊ PRECISAVA VOLTAR.
O AMOR É ETERNO.
CONTINUA.

4
OH, *DANE*, VOCÊ NÃO *ENTENDE?* A ÚNICA FORMA DE ESCAPAR DA *MORTE* É PELO *AMOR!*
NO MEIO DA *GUERRA* PARA ACABAR COM TODAS AS *GUERRAS*... UM *AMOR* PARA ACABAR COM TODOS OS *AMORES!*
NADA ALÉM DO AMOR

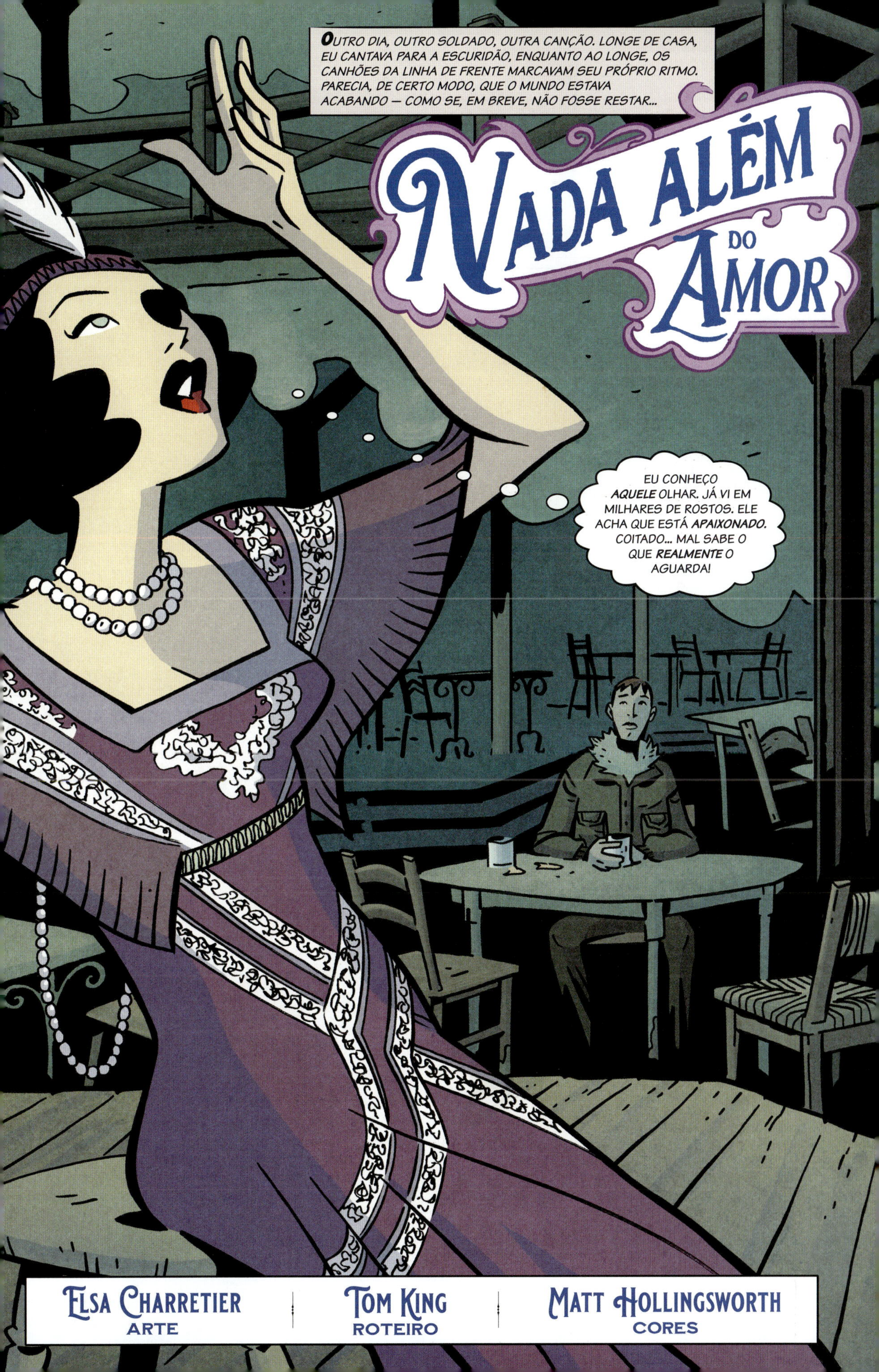
OUTRO DIA, OUTRO SOLDADO, OUTRA CANÇÃO. LONGE DE CASA, EU CANTAVA PARA A ESCURIDÃO, ENQUANTO AO LONGE, OS CANHÕES DA LINHA DE FRENTE MARCAVAM SEU PRÓPRIO RITMO. PARECIA, DE CERTO MODO, QUE O MUNDO ESTAVA ACABANDO — COMO SE, EM BREVE, NÃO FOSSE RESTAR...
NADA ALÉM DO AMOR
EU CONHEÇO AQUELE OLHAR. JÁ VI EM MILHARES DE ROSTOS. ELE ACHA QUE ESTÁ APAIXONADO. COITADO... MAL SABE O QUE REALMENTE O AGUARDA!
ELSA CHARRETIER ARTE
TOM KING ROTEIRO
MATT HOLLINGSWORTH CORES

1915. A ALGUNS QUILÔMETROS DAS TRINCHEIRAS.
ENTREGO MEU CORAÇÃO COMO UMA ROSA, COLHIDA DO JARDIM DE VERÃO...
E BEM NO CENTRO DELA, BRILHA; SEU PERFUME, UMA PRECE POR PERDÃO...
VIM PARA A FRANÇA HÁ DOIS ANOS ESTUDAR MÚSICA. QUERIA CANTAR ÓPERA, SER A PRÓXIMA SOPRANO FAMOSA.
AMOR, AQUI ESTÁ MEU CORAÇÃO. E PRO SEU CABELO, UM BOTÃO.
É SEU, SE ACEITAR HOJE. É SEU, SE JOGAR NO CHÃO.
ENTÃO VEIO A GUERRA, E AS GRANDES CASAS DE ÓPERA FECHARAM SUAS PORTAS. FIQUEI SEM DINHEIRO DEPOIS DE ALGUMAS SEMANAS.
ONDE ESTÁ VOCÊ AGORA? VAI RASGÁ-LO, OU VAI GUARDÁ-LO..
EIS AQUI, PARA MANTER OU MATAR, COMO QUISER, MEU CORAÇÃO.
EM VEZ DE VOLTAR PRA CASA, CONSEGUI UM EMPREGO CANTANDO PARA OS SOLDADOS DE LICENÇA DA LINHA DE FRENTE.
ENTREGUEI MEU CORAÇÃO NUMA CANÇÃO.
NUMA CANÇÃO DE UM ROUXINOL SONHADOR...
TODA NOITE CHEGA UMA NOVA LEVA. ELES BEBEM, RIEM...
POIS CANTOU PRA MIM A NOITE INTEIRA.
OUVE MEU CORAÇÃO COM...
SE APAIXONAM.
QUEM QUER QUE VOCÊ SEJA, EU TE AMO.

DEPOIS DA MINHA APRESENTAÇÃO, COMO FAÇO TODA NOITE, FUI ATÉ O BAR TOMAR UM DRINQUE.
BONJOUR. ÃHN, ÇA VA BIEN?
O PATRÃO ME PAGA UM EXTRA PRA SENTAR ALI E CONVERSAR COM OS HOMENS.
NÃO PRECISA SER FORMAL. SÓ ACENDE MEU CIGARRO.
VOCÊ FALA INGLÊS? É AMERICANA? QUE ÓTIMO. MEU FRANCÊS É UM DESASTRE.
A GRANA É BOA, E É SÓ UMA CONVERSA.
EU SEMPRE QUIS VISITAR OS ESTADOS UNIDOS.
TALVEZ DEPOIS DA GUERRA. DIZEM QUE NÃO VAI SER TÃO LONGA.
AH, É?
ME CHAMO DANE. EU E MEUS AMIGOS ALI VIEMOS TODOS DA MESMA CIDADE. NOS ALISTAMOS JUNTOS PRA SERVIR NA MESMA COMPANHIA.
ACABAMOS DE CHEGAR, DIRETO DO TREINAMENTO. PRIMEIRA VEZ NA FRANÇA. É BEM DIFERENTE.
VOCÊ TÁ AQUI HÁ MUITO TEMPO?
NÃO DIRIA MUITO, NÃO.
BOM, EU SÓ QUERIA DIZER QUE VOCÊ É... BEM, A MOÇA MAIS LINDA QUE EU JÁ VI. NÃO SEI O QUE EU ESPERAVA ENCONTRAR POR AQUI, MAS COM CERTEZA NÃO ESPERAVA POR VOCÊ.
QUERO DIZER... ME DESCULPE SER TÃO DIRETO... EU SÓ... VOCÊ ME TIROU O FÔLEGO, SÓ ISSO. NÃO CONSIGO RESPIRAR.

AQUELES SÃO OS SEUS AMIGOS?
AH, SIM. AQUELES SÃO O CHRISTOPHER, DARREN, GIL, RAPHAEL E JAMES. NOS FORMAMOS FAZ UM ANO.
VOCÊ NÃO VAI ENCONTRAR UM GRUPO MELHOR DE RAPAZES. ELES QUE DISSERAM QUE EU TINHA QUE VIR FALAR CONTIGO.
E POR QUE VOCÊ VEIO FALAR COMIGO, DANE?
BOM, É ISSO. SENDO BEM SINCERO... EU TÔ APAIXONADO.
EU SEI. E COMO É QUE EU SEI QUE TE AMO? É ABSURDO. MAS É COMO SABER QUE O SOL VAI TE AQUECER E A CHUVA VAI TE MOLHAR.
VOCÊ NÃO PRECISA ESPERAR PRA SABER ESSAS COISAS. É SÓ COMO ELAS SÃO. EU TE AMO.
E QUANDO VOCÊS VOLTAM?
DE MANHÃ. PARECE QUE A TRADIÇÃO É NÃO DORMIR NA NOITE ANTERIOR. DIZEM QUE VAMOS DORMIR BASTANTE NA TRINCHEIRA.
MUITA ESPERA, E QUASE NADA PRA FAZER, PELO QUE OUVI.
COMPRE UMA BEBIDA PRA VOCÊ, E DEPOIS UMA PRA MIM.
COM PRAZER.
MAS JOAN... EU PRECISO TE DIZER... EU NÃO BEBO.

NÓS CONVERSAMOS UM POUCO, E EU VOLTEI PARA O TRABALHO. NÃO O VI DE NOVO ATÉ UNS TRÊS MESES DEPOIS.
OLÁ.
COMO TEM PASSADO, JOAN?
ACHO QUE NÃO SE LEMBRA DE MIM. NÃO... IMAGINO QUE NÃO. ESTIVE AQUI FAZ ALGUM TEMPO. ANTES DE PARTIRMOS.
ME CHAMO DANE MOORHOUSE. EU SOU O TONTO QUE DISSE QUE TE AMAVA.
MUITOS TONTOS DIZEM QUE ME AMAM.
BOM, SIM, IMAGINO QUE ISSO SEJA BEM VERDADE.
MAS TAMBÉM IMAGINO QUE A MAIORIA NÃO FALA SÉRIO.
ENTÃO, PELO MENOS TENHO ESSA VANTAGEM SOBRE ELES. JÁ É ALGUMA COISA.
EU ME LEMBRO DE VOCÊ, DANE.
PENSEI QUE VOCÊ NÃO BEBESSE.

NÃO BEBIA. OU MELHOR, NÃO BEBO.
MAS MEU... ÃHM... MEU AMIGO, JAMES... NÃO SEI SE VOCÊ SE LEMBRA. ELE TAVA COMIGO AQUI DA ÚLTIMA VEZ. NAQUELA MESA.
BEM, ELE ERA UM BAITA DE UM BÊBADO, PRA SER SINCERO. VIVIA DEFENDENDO A BEBIDA, E EU PROMETI A ELE QUE BRINDARIA, SE ALGUM DIA ELE...
...E, ÃHM, ALGUMAS SEMANAS ATRÁS ELE SE FOI.
FOI UM POUCO DE MÁ SORTE. FICOU PRESO NO ARAME. LEVOU ALGUNS... BOM, ISSO NÃO IMPORTA. ACONTECE TODOS OS DIAS, NA REAL.
MAS AQUI ESTAMOS. NÓS QUATRO, DE VOLTA. PELO JAMES.
PELO JAMES.
É.
MINHA NOSSA, COMO VOCÊ AGUENTA ESSE NEGÓCIO? ERA PRA SER TÃO FORTE ASSIM...? EU SEMPRE ACHEI QUE FOSSE DOCE.
POR QUE EU ACHEI ISSO?
HAHA HAHAHA HA!

DEPOIS DE MAIS ALGUMAS RISADAS, O DOCE DANE VOLTOU PARA SUA MESA E EU FIZ MINHA SEGUNDA APRESENTAÇÃO DA NOITE.
NAQUELES DIAS QUERIDOS, JÁ TÃO LONGE DE NÓS.
QUANDO A NEBLINA COMEÇOU A CAIR SOBRE O MUNDO.
COMO DE COSTUME, EU ANDEI PELO SALÃO, DEI PARA CADA SOLDADO O OLHAR PELO QUAL ELES VIERAM.
FEITO DOS SONHOS NASCIDOS DA NOSSA VOZ.
SUAVE, O AMOR SUSSURRAVA PROFUNDO;
EM CERTO MOMENTO, FUI ATÉ O DANE.
E SE APAGOU O FOGO QUE JÁ FOI UM CLARÃO.
COSTURADO E GUARDADO EM NOSSO CORAÇÃO.
HAVIA ALGO EM SEU ROSTO.
SÓ UMA CANÇÃO, QUANDO AS LUZES SE APAGAM.
E AS SOMBRAS QUE CHEGAM, LOGO SE VÃO.
ALGO QUENTE E GENTIL.
AINDA QUE O CORAÇÃO CHORE A SOLIDÃO,
SEMPRE, AO FIM, VEM A VELHA CANÇÃO.
VEM... A VELHA... CANÇÃO...

EU TINHA CRIADO VÁRIAS REGRAS PARA MIM MESMA NA FRANÇA.
UMA DELAS ERA NÃO BEIJAR OS SOLDADOS.
AH, JOAN...
SABE, UM BEIJO PODE DURAR UMA VIDA INTEIRA.
EU TE AMO... EU TE AMO...
E UM SOLDADO É SÓ POR UM DIA.
JOAN?
AINDA HOJE, OUVIMOS A VELHA CANÇÃO.
QUE PARA SEMPRE VIVE EM NOSSO CORAÇÃO...

QUASE SETE MESES DEPOIS, EU ESTAVA ME MAQUIANDO, (ELES NÃO TÊM UM CAMARIM E EU TENHO QUE FAZER ISSO NO BAR) QUANDO OUVI UMA VOZ FAMILIAR.
SABE, VOCÊ NÃO PRECISA DE NADA DISSO. VOCÊ JÁ É PERFEITA.
DANE!
OLÁ, MOÇA LINDA. QUAIS SÃO AS NOVIDADES?
VOCÊ VOLTOU! QUANDO PAROU DE ESCREVER HÁ ALGUNS MESES, DEPOIS DE SER TÃO CONSTANTE, EU PENSEI...
AH, QUE ALEGRIA TE VER!
É BOM ESTAR DE VOLTA, JOAN. ME DESCULPA POR NÃO TER ESCRITO. TEM SIDO... TIVERAM...
BEM, O CHRISTOPHER TÁ MORTO. É POR ISSO QUE ESTAMOS AQUI, NÓS TRÊS... QUE RESTAMOS.
AGORA É UMA TRADIÇÃO, NÉ? DEVEMOS HONRAR O... É UMA TRADIÇÃO.
AH, NÃO.
EU SINTO MUITO.

NÃO PRECISA SE PREOCUPAR. NÃO VALE A PENA.
É *GUERRA.*
É TUDO *NATURAL.*
NÃO É?
DANE...
NÃO, DEIXA EU FALAR, EU... BEM, *JOAN,* EU TENHO ALGO IMPORTANTE A DIZER. É.
EU TENHO ESTADO... TENHO VISTO... NÃO TENHO *CERTEZA* DO QUE ESTÁ POR VIR. NINGUÉM TEM COMO SABER.
ÀS VEZES VOCÊ TÁ NA TRINCHEIRA, E ÀS VEZES *NÃO.* É SÓ ISSO. A VIDA SE RESUME A ESTAR LÁ DENTRO OU FORA.
E, NESTE MOMENTO... EU TÔ *FORA*... NÃO TÔ? E... E EU TÔ AQUI COM VOCÊ, E NÃO TÊM *BALAS,* NEM PIOLHOS, NEM LAMA... E... O SOL É QUENTE E A CHUVA É MOLHADA.
E QUEM SABE... QUEM *DIABOS* SABE DE VERDADE?
JOAN, HOJE, ESTA NOITE, AGORA... JOAN...

QUER SE CASAR COMIGO?

E LÁ ESTAVA.
SEMPRE ESTÁ.
E EU SABIA EXATAMENTE O QUE EU DEVIA DIZER:
DANE. ISSO É *MUITO* GENTIL. E... É LINDO OUVIR ISSO DE VOCÊ.
NÃO SEI TE DIZER O QUANTO ISSO SIGNIFICA. ACHO QUE VOCÊ NÃO-- EU NÃO SEI SE *ALGUÉM* REALMENTE ENTENDERIA. ÀS VEZES NEM EU ENTENDO.
"EU TE AMO, DANE. HOJE E PARA SEMPRE!"
MAS *NÃO.* NÃO, NÃO POSSO. SINTO MUITO.
"SIM, MEU QUERIDO! SIM! VAMOS NOS CASAR! VAMOS DAR UM JEITO DE SERMOS FELIZES NO MEIO DE TUDO QUE É TÃO TRÁGICO, UM JEITO DE SERMOS AMADOS."
AH.
ENTENDI.
É.

ELE SE LEVANTOU E VOLTOU PARA SUA MESA. NÃO NOS FALAMOS PELO RESTO DA NOITE.
MAIS ALGUNS MESES SE PASSARAM ATÉ EU VÊ-LO DE NOVO.
AO RAPHAEL, O DESGRAÇADO!
DE VOLTA COM SEUS AMIGOS. MAIS UM QUE SE FOI.
EI, É ELA, NÃO É? SUBINDO NO PALCO AGORA?
AQUELA QUE VOCÊ VIVE FALANDO, ELA É UM COLÍRIO, HEIN? VOCÊ TEM UM OLHO AFIADO. É POR ISSO QUE AS BALAS NÃO TE ACERTAM. SEUS OLHOS TÃO SEMPRE BEM ABERTOS.
FICA QUIETO, VOCÊ TÁ BÊBADO.
BÊBADO? EU?! QUE NADA! EU TÔ VIVO, ISSO SIM. DIFERENTE DO RAF, DIFERENTE DE TODOS ELES!
E VOCÊS TAMBÉM, AGORA QUE PAREI PRA PENSAR!
ENTÃO PARA DE GASTAR SEU TEMPO TAGARELANDO COMIGO E VAI PEGAR ELA!
A GENTE TÁ EM GUERRA. E ELA TÁ NO PALCO.
PEGAR ELA E LEVAR PRA ONDE?
COMO É QUE EU VOU SABER?!
TÔ MAIS BÊBADO QUE UM GAMBÁ!
FICA QUIETO, SEU MALA.
ELA VAI COMEÇAR.

EU VAGO SOZINHA, COMO NUM SONHO, E MEU DESTINO É O CÉU.
ONDE UM ANJO ME ESPERA, MAS MEU CORAÇÃO É SÓ SEU.
O SOL E JOIAS BRILHAM PRA MIM, E FORTUNA ETERNA POSSO TER, MEU BEM.
RAINHAS ESBANJAM RIQUEZAS, MAS O MUNDO É FRIO PRA QUEM AMOR NÃO TEM.
A VIDA, PRA MIM, SÓ TEM VALOR, COM VOCÊ, MEU ÚNICO AMOR.
NÃO ME IMPORTA O SOL BRILHAR, SE ELE NÃO TENHO COMO CONQUISTAR.
EU SÓ SEI QUE MEU AMOR É SEU.
ME AME, E O MUNDO SERÁ MEU...

NÃO!
NÃO *POSSO*... ME DESCULPA... EU...
EU... SINTO MUITO. MESMO.
DANE!
ESPERA! DEIXA EU FALAR COM VOCÊ...
NÃO, VOCÊS... SÓ ME DEIXEM EM *PAZ*...
TÁ TUDO *BEM*... ME DESCULPEM.
DANE!

DEIXA ELE, GAROTA.
ELE É UM RAPAZ ORGULHOSO. NÃO QUER QUE VOCÊ VEJA ELE ASSIM.
VER O QUÊ? DO QUE VOCÊ TÁ FALANDO?
ELE E O RAF ESTAVAM JUNTOS NUMA PATRULHA NA TERRA DE NINGUÉM. RAF LEVOU UM TIRO, FICOU CAÍDO NA LAMA, FERIDO DEMAIS PRA SE MEXER.
O DANE FICOU COM ELE. FICOU MESMO, ATÉ DE MANHÃ, TENTANDO MANTER O RAF QUIETO, ESPERANDO UM MILAGRE. SEI LÁ.
QUANDO AMANHECEU, RAF JÁ ESTAVA MORTO, E DANE TEVE QUE FINGIR QUE TAMBÉM ESTAVA, SENÃO O SNIPER LEVAVA ELE JUNTO. ELE FICOU DEITADO DO LADO DO CORPO O DIA INTEIRO, NA LAMA.
ESPERANDO A NOITE CAIR.
MAS QUANDO ANOITECEU, ELE NÃO SE MEXEU. NÃO SEI POR QUÊ. ELE NÃO FALA SOBRE ISSO.
ELE FICOU ASSIM POR TRÊS DIAS. ESCONDIDO ALI, JUNTO DO CORPO DO RAF, ATÉ QUE EU MESMO FUI LÁ E ARRASTEI ELE DE VOLTA PRA TRINCHEIRA.
AGORA ELE TEM UMAS CRISES DE VEZ EM QUANDO. NADA DE MAIS. NÃO SE PREOCUPE COM ISSO.
SÓ DÁ UM TEMPO PRA ELE.
NÃO É POR AMOR QUE ELE TÁ CHORANDO.

QUASE UM ANO SE PASSOU ATÉ EU VÊ-LO NOVAMENTE. UM ANO DE CANÇÕES CANTADAS E ESQUECIDAS ENQUANTO HOMENS PASSAVAM POR ALI.
AMOR, AQUI ESTÁ MEU CORAÇÃO... PRO... SEU CABELO, UM BOTÃO...
É SEU, SE ACEITAR HOJE... É SEU, SE JOGAR...
...NO... CHÃO...
NÃO PRECISA SER FORMAL. SÓ ACENDE MEU CIGARRO.
CERTO, DESCULPA, SÓ... ME DÁ UM SEGUNDO... EU TENHO UM FÓSFORO AQUI, ÃHM...
E SENTA, VAI... TEM ESPAÇO DE SOBRA.
JOAN!
OLHA SÓ PRA VOCÊ! COMO VOCÊ TÁ LINDA! DEUS! COMO QUE VOCÊ FAZ PRA FICAR ASSIM?! TODO O RESTO ACABA... BEM, ACABA, NÃO É MESMO?
FOGO, DANE?
OBRIGADA.
NÃO PRECISA ME AGRADECER. PODE AGRADECER QUE... AGORA TEM ESPAÇO... MUITO ESPAÇO.... PRA TODO MUNDO...
DEUS DO CÉU, JOAN. TÔ TÃO FELIZ QUE VOCÊ TÁ AQUI!
FÓSFOROS

É BOM QUE TODOS NÓS ESTAMOS. AQUI.
É UMA TRADIÇÃO... SABE... A GENTE VEM AQUI... SÓ PRA TOMAR UMA BEBIDA... PARA HOMENAGEAR OS QUE MORRERAM... ELES QUERIAM QUE A GENTE VIESSE AQUI...
E AQUI ESTAMOS!
O DARREN MORREU FAZ UM TEMPO, MAS... A GENTE NÃO TINHA SAÍDO AINDA. ELE MORREU QUANDO ESTÁVAMOS NA FRENTE... SEI LÁ O QUÃO LONGE A GENTE CHEGOU...
DEVE TER SIDO UNS CEM PASSOS OU ALGO ASSIM... A GENTE CORREU E AVANÇOU... ENTRAMOS NAS TRINCHEIRAS DELES E ELE MORREU LÁ.
MAS COMO A GENTE TAVA LÁ, NÃO DAVA PRA VOLTAR, NÉ? ACHEI QUE A GENTE NUNCA MAIS VOLTARIA AQUI. TRADIÇÕES TAMBÉM MORREM, SABE.
MAS AÍ OS ALEMÃES VOLTARAM E TOMARAM DE VOLTA TUDO O QUE A GENTE TINHA CONQUISTADO, E TIVEMOS QUE FUGIR... PRA CASA.
CEM PASSOS PRA TRÁS... DEIXAMOS... O DARREN COM OS ALEMÃES. ELES QUE FIQUEM COM ELE. JÁ TAVA COM UM CHEIRO HORRÍVEL.
IGUAL UM AÇOUGUE.
É COMO UMA DANÇA, VOCÊ DÁ UM PASSO PRA FRENTE, DEPOIS OUTRO PRA TRÁS, POR TODO O SALÃO, CERCADO POR ESSA... MULTIDÃO.
TEM ATÉ UMA BATIDA DA ARTILHARIA QUE TE EMPURRA PRA FRENTE. SÓ FALTA MESMO A LETRA, UMA MUSIQUINHA...
AMOR, AQUI ESTÁ MEU CORAÇÃO. E, PRO SEU CABELO, UM BOTÃO... É SEU SE ACEITAR HOJE; É SEU SE JOGAR NO CHÃO.
WSSHHH
AH, OBRIGADO, JOAN.
VOCÊ É MARAVILHOSA.

MARAVILHOSA... E ESPERANDO.
POR QUE VOCÊ **NÃO** SE CASOU COMIGO, JOAN?
FÓSFOROS
NÃO ***QUER*** ACABAR VIÚVA?

SE EU CONCORDASSE EM ME CASAR COM VOCÊ, EU NÃO SERIA UMA VIÚVA.
EU SERIA ALGO COMPLETAMENTE DIFERENTE. ESSAS SÃO AS REGRAS.
E VOCÊ... VOCÊ SEGUE ESSAS... REGRAS?
O SOL NASCE E TE AQUECE, E A CHUVA VEM E TE MOLHA.
EXISTEM REGRAS, QUER VOCÊ AS SIGA OU NÃO. MAS LÁ ESTÃO ELAS.
UM CONHECIDO QUE JÁ ESTÁ MORTO UMA VEZ DISSE QUE... QUANDO VOCÊ SABE QUE VAI, QUE VAI MESMO, VOCÊ NÃO SENTE MAIS MEDO.
VOCÊ NÃO SE ASSUSTA COM O BARULHO E AVANÇA COM UM GRANDE SORRISO NO ROSTO, DE ORELHA A ORELHA!
VOCÊ CONSEGUE APROVEITAR CADA MOMENTO!
É MESMO?
O QUE VOCÊ ACHA?
EU? JOAN... MEU AMOR... EU...
EU SEI BEM O QUE SE APROXIMA. EU SEI.
E TÔ COM TANTO MEDO QUE MAL CONSIGO RESPIRAR.

NÓS CONVERSAMOS A NOITE TODA, E ELE PARTIU DE MANHÃ. E QUATRO MESES DEPOIS, ELE VOLTOU. DESTA VEZ, SOZINHO.
ELE SE SENTOU E FICOU ASSISTINDO A TODAS AS ATRAÇÕES EM SILÊNCIO, ATÉ QUE...
NÓS JÁ **FECHAMOS,** DANE. O SHOW ACABOU. TÁ NA HORA DE IR.
EU SEI.
DANÇA COMIGO?
A BANDA JÁ FOI, NÃO TEM **MÚSICA.**
NÃO ME IMPORTO.

EU NÃO POSSO VOLTAR.
NA TRINCHEIRA, ÀS VEZES, FICA TÃO FRIO À NOITE QUE QUANDO O SOL NASCE, ELE NÃO FAZ NADA.
É SÓ UMA LUZ LÁ NO CÉU.
E ÀS VEZES A GENTE FICA TÃO COBERTO DE LAMA QUE QUANDO A CHUVA CAI, NEM FICAMOS MOLHADOS.
É SÓ MAIS UMA COISA CAINDO.
AGORA É MINHA VEZ, NÉ?
EU TENHO QUE VOLTAR.
ADEUS, JOAN.

DANE... MEU DOCE DANE... POR FAVOR, ME ESCUTE.
E SE... E SE HOUVER UMA FORMA DE ESCAPAR? DE SUMIR COM A GUERRA, DE SUMIR COM O MUNDO INTEIRO E APENAS DESAPARECER. TER UM FINAL FELIZ.
EU NÃO SEI PRA ONDE VOCÊ IRIA. NÃO SEI AONDE NINGUÉM VAI, MAS VOCÊ NÃO ESTARIA AQUI, NÃO TERIA QUE VOLTAR PRA TRINCHEIRA.
QUÊ?
DANE, TALVEZ HAJA UM LUGAR MELHOR, OU UMA ÉPOCA MELHOR, E VOCÊ VAI PRA LÁ, OU TALVEZ, NÃO SEI... SÓ SEI QUE A GENTE...
EU VOU PARAR. TODAS AS BOMBAS E BALAS. NINGUÉM MAIS VAI MORRER. ESSE PODE SER O FIM DESTA HISTÓRIA. AGORA MESMO. SÓ NÓS DOIS. AQUI PARA SEMPRE E SUMINDO EM UM INSTANTE.
JOAN, DO QUE VOCÊ TÁ... NÃO EXISTE NENHUM OUTRO LUGAR PRA GENTE IR. ISSO É TUDO QUE NÓS TEMOS.
NÃO, TEM SIM... O AMOR É...
EU... EU TE AMO, DANE. EU TE AMO, E ACEITO ME CASAR COM VOCÊ. VOCÊ ME OUVIU? É UM SIM. ENTENDEU? UM SIM.
AGORA ME BEIJA, TÁ? SÓ ME BEIJA.
EU...
ME BEIJA...
SEUS LÁBIOS ENCONTRARAM OS MEUS.
NO INÍCIO, SENTI O TREMOR DE SUA HESITAÇÃO, MAS QUANDO NOS APROXIMAMOS MAIS, ELE SE ACALMOU E TODOS OS NOSSOS PROBLEMAS PARECERAM DESAPARECER...

TONY E DON. MINHA VIDA TODA TEM SIDO TONY E DON! TONY, O RESPONSÁVEL, COM BOAS NOTAS E UMA BOA FAMÍLIA. DON, O CHEIO DE PAIXÃO, AQUELE QUE VIVE SÓ PELO HOJE. COMO UMA GAROTA PODE ESCOLHER, QUANDO ELA SE SENTE TÃO...
Dividida pelo Amor
TIRE SUAS MÃOS IMUNDAS DE CIMA DA MINHA JOAN!
SUA JOAN? ELA NUNCA SERÁ SUA, CARA! ELA NÃO PERTENCE A NINGUÉM! NINGUÉM PERTENCE! TODO MUNDO É LIVRE!
TONY OU DON! TONY OU DON! NÃO CONSIGO ME DECIDIR ENTRE ELES! MAS EU PRECISO!
TONY OU DON. TONY E DON. ELES DISCUTEM E GRITAM.
E O SOL AQUECE MEU ROSTO.
E EU ESPERO PELA CHUVA.

5

OLHA, TODO MUNDO JÁ **PASSOU** POR ISSO! NÃO TEM ABSOLUTAMENTE **NADA** DO QUE SE ENVERGONHAR!
VOCÊ SABE QUE DEVERIA ESTAR COM ALGUÉM, MAS NÃO CONSEGUE PARAR DE SE **SABOTAR!**
PODE PARECER QUE SUA VIDA **INTEIRA** ESTÁ ESCORREGANDO NUMA CASCA DE **BANANA**, DIA APÓS DIA!
MAS NÃO SE **PREOCUPE!** A **ESPERANÇA** ESTÁ A CAMINHO!
"OS SINS E NÃOS DOS RELACIONAMENTOS", DE **PENNY PAGE**, VAI TE ENSINAR COMO FICAR APAIXONADA PARA **SEMPRE!**

HM.
flpp
Glamourosos
PERFEITOS PARA QUALQUER OCASIÃO!
SENHORITA PETERSON?
SIM?
PRONTO, QUERIDA.
VAMOS LÁ?

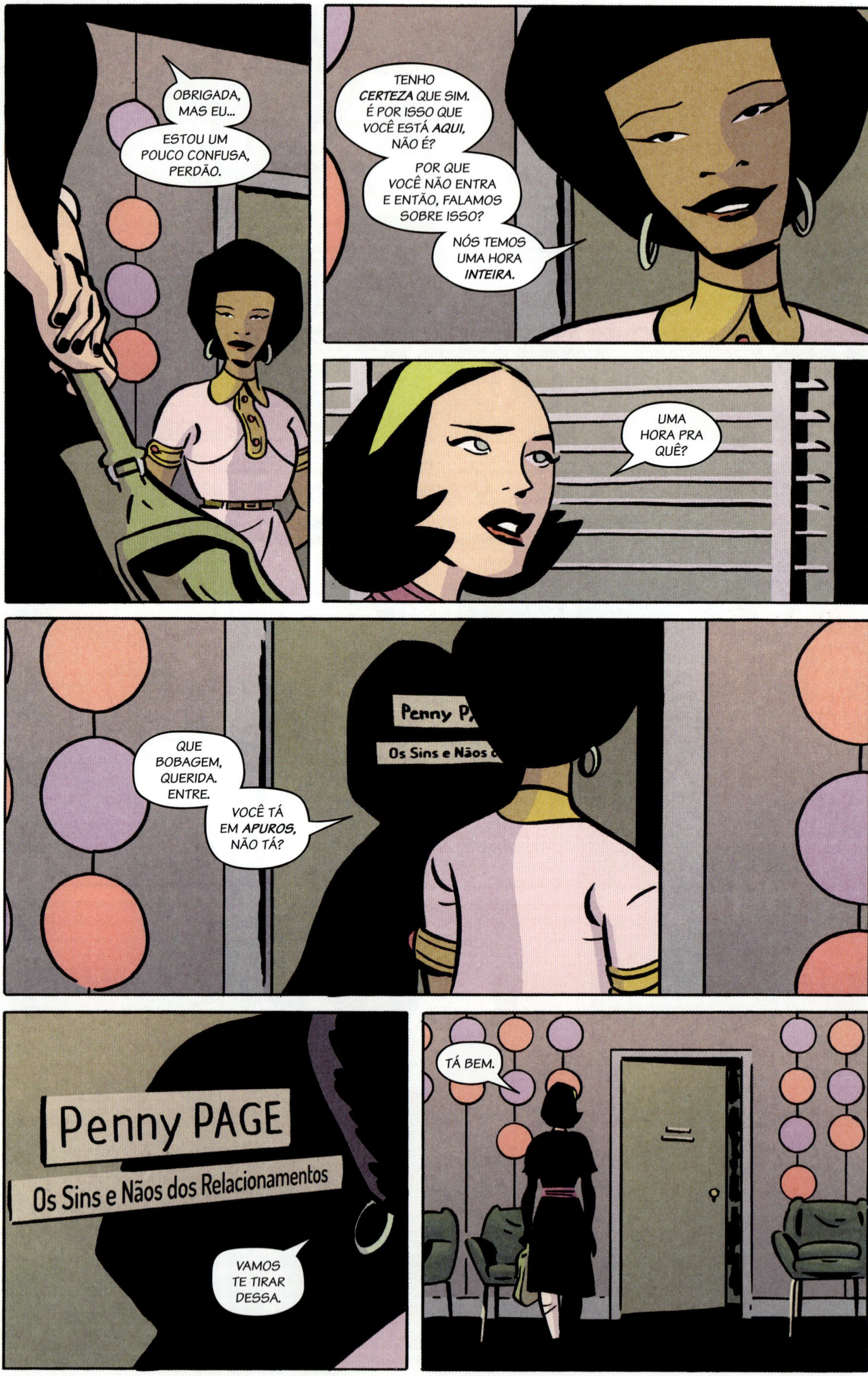
OBRIGADA, MAS EU...
ESTOU UM POUCO CONFUSA, PERDÃO.
TENHO **CERTEZA** QUE SIM. É POR ISSO QUE VOCÊ ESTÁ **AQUI,** NÃO É?
POR QUE VOCÊ NÃO ENTRA E ENTÃO, FALAMOS SOBRE ISSO?
NÓS TEMOS UMA HORA **INTEIRA.**
UMA HORA PRA QUÊ?
Penny P
Os Sins e Nãos d
QUE BOBAGEM, QUERIDA. ENTRE.
VOCÊ TÁ EM **APUROS,** NÃO TÁ?
Penny PAGE
Os Sins e Nãos dos Relacionamentos
VAMOS TE TIRAR DESSA.
TÁ BEM.

POR QUE NÃO SE SENTA ALI, JOAN?
FIQUE À VONTADE. QUER BEBER ALGO? ÁGUA OU CHÁ?
TALVEZ ESTEJA UM POUCO CEDO PRA ALGO MAIS FORTE, OU TALVEZ NÃO. ISSO SÓ CABE A NÓS.
NÃO, EU TÔ BEM.
OBRIGADA.
BEM, ME AVISE SE MUDAR DE IDEIA.
QUERO QUE VOCÊ SE SINTA COMPLETAMENTE EM CASA. TENHO BASTANTE DE TUDO.
CLARO.
MAS...
SABE DE UMA COISA? ACHO QUE NÃO CHEGUEI A ME APRESENTAR FORMALMENTE.
MEU NOME É PENNY PAGE.
AH, ÓTIMO. EU SOU A JOAN.
JOAN PETERSON.
SIM, EU SEI QUEM VOCÊ É.
E É TÃO BOM TER VOCÊ AQUI, JOAN. ESTIVE ESPERANDO POR ISSO HÁ ALGUM TEMPO.

ENTÃO VOCÊ... MEIO QUE... DÁ CONSELHOS? É ISSO?
EU LI A PLACA NA SUA PORTA. É... CONSELHO AMOROSO?
HAHA, ESQUECE A PLACA NA PORTA, JOAN!
VOCÊ DEVIA LER MEU LIVRO.
PENNY PAGE
PENNY PAGE
Os Sins e Nãos dos relacionamentos
JÁ FOI TRADUZIDO PRA MAIS DE QUARENTA IDIOMAS!
TEM UMA VERSÃO RESUMIDA QUE VOCÊ PODE COMPRAR COMO UM LP! EU MESMA GRAVEI. FOI INDICADA A UM GRAMMY!
CONSEGUE IMAGINAR, EU E SINATRA NO MESMO PRÉDIO? O VELHO OLHOS-AZUIS, MEU DEUS.
ME DESCULPA, NÃO QUERO SER RUDE, MAS EU TÔ... UM POUCO PERDIDA.
NÃO ENTENDO EXATAMENTE O QUE TÁ ACONTECENDO.
TIPO, ESSE NÃO É O TIPO DE LUGAR ONDE EU GERALMENTE... ME ENCONTRO.
BEM, ENTÃO ESSA NÃO É JUSTAMENTE A PERGUNTA?
JOAN PETERSON, MINHA QUERIDA, ONDE VOCÊ GERALMENTE SE ENCONTRA?
PENNY PAGE

AH, JOAN! MEU AMOR POR VOCÊ É COMO O PRÓPRIO MAR. VOCÊ PODE NAVEGAR POR ELE A VIDA INTEIRA, MAS NUNCA ENTENDER O QUÃO VASTO ELE REALMENTE É!
CASE-SE COMIGO!
JOAN, EU CONSIGO RASTREAR PRATICAMENTE QUALQUER COISA, MAS TODOS OS CAMINHOS QUE VEJO LEVAM PARA UM ÚNICO LUGAR. ELES LEVAM ATÉ VOCÊ!
JOAN, QUERIDA, VOCÊ TEM QUE SE CASAR COMIGO!
É O ANEL DA MINHA MÃE. ELA ME ENSINOU A DANÇAR, MAS VOCÊ – VOCÊ ME ENSINOU A AMAR!
JOAN PETERSON, MINHA AMADA, QUER CASAR COMIGO?
EU JÁ ME APAIXONEI ANTES, OU DEVO DIZER, ACHEI QUE ESTAVA APAIXONADO, MAS EU ERA UM IDIOTA. MEUS OLHOS ESTAVAM FECHADOS.
AGORA ELES ESTÃO ABERTOS!
JOAN, POR FAVOR, SEJA MINHA ESPOSA!

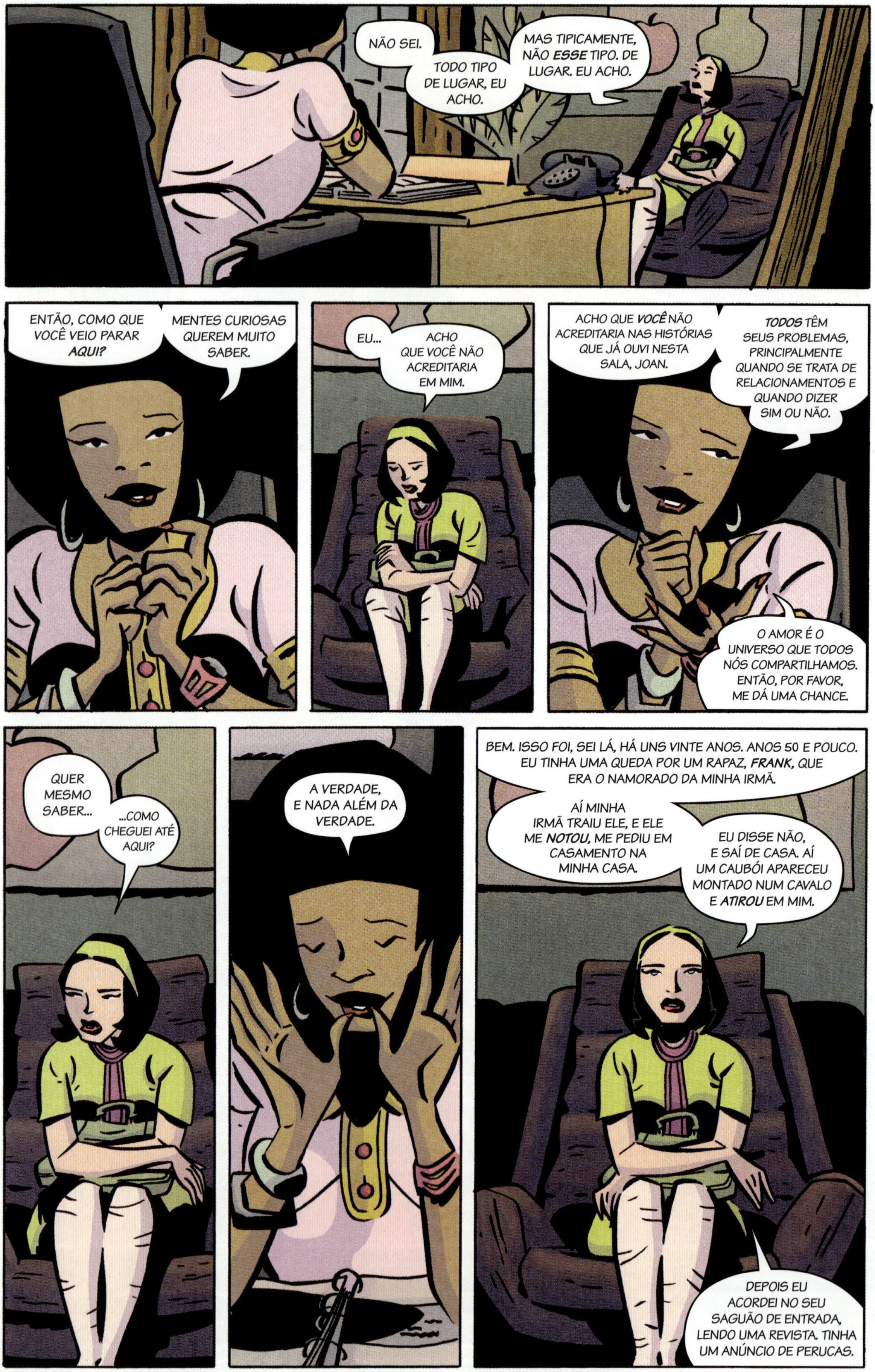
NÃO SEI.
TODO TIPO DE LUGAR, EU ACHO.
MAS TIPICAMENTE, NÃO ***ESSE*** TIPO. DE LUGAR. EU ACHO.
ENTÃO, COMO QUE VOCÊ VEIO PARAR ***AQUI?***
MENTES CURIOSAS QUEREM MUITO SABER.
EU...
ACHO QUE VOCÊ NÃO ACREDITARIA EM MIM.
ACHO QUE ***VOCÊ*** NÃO ACREDITARIA NAS HISTÓRIAS QUE JÁ OUVI NESTA SALA, JOAN.
TODOS TÊM SEUS PROBLEMAS, PRINCIPALMENTE QUANDO SE TRATA DE RELACIONAMENTOS E QUANDO DIZER SIM OU NÃO.
O AMOR É O UNIVERSO QUE TODOS NÓS COMPARTILHAMOS. ENTÃO, POR FAVOR, ME DÁ UMA CHANCE.
QUER MESMO SABER...
...COMO CHEGUEI ATÉ AQUI?
A VERDADE, E NADA ALÉM DA VERDADE.
BEM. ISSO FOI, SEI LÁ, HÁ UNS VINTE ANOS. ANOS 50 E POUCO. EU TINHA UMA QUEDA POR UM RAPAZ, ***FRANK,*** QUE ERA O NAMORADO DA MINHA IRMÃ.
AÍ MINHA IRMÃ TRAIU ELE, E ELE ME ***NOTOU,*** ME PEDIU EM CASAMENTO NA MINHA CASA.
EU DISSE NÃO, E SAÍ DE CASA. AÍ UM CAUBÓI APARECEU MONTADO NUM CAVALO E ***ATIROU*** EM MIM.
DEPOIS EU ACORDEI NO SEU SAGUÃO DE ENTRADA, LENDO UMA REVISTA. TINHA UM ANÚNCIO DE PERUCAS.

JÁ OUVIU *ESSA* HISTÓRIA ANTES?
Y PAGE

HM.
BEM, ENTENDO.
É DIFÍCIL SABER O QUE FAZER COM TUDO *ISSO.*
É *MUITA* COISA, NÃO É?
VINTE ANOS ATRÁS, VOCÊ DISSE.
NOS *ANOS 50.* OK.
O EX DA SUA IRMÃ, *FRANK,* TE PEDE EM CASAMENTO.
VOCÊ O REJEITA. DÁ AS COSTAS. SAI DE CASA.
UM *CAUBÓI* APARECE EM UM CAVALO E ATIRA EM VOCÊ.
VOCÊ MORRE.
ACORDA NA MINHA PORTA. NOS ANOS 70.
COM UMA REVISTA.
HM.
ENTÃO EU ACHO QUE A PERGUNTA QUE EU TENHO É...
...POR QUE *RAIOS* VOCÊ REJEITOU O FRANK?

ISSO É PRA MIM?
BOM, SE VOCÊ DEIXAR, EU BEBO OS DOIS.
VOCÊ...
VOCÊ ACHA QUE EU SOU *LOUCA* OU ALGO DO GÊNERO. MAS É--
JOAN, QUERIDA.
EU ACHO QUE RELACIONAMENTOS SÃO DIFÍCEIS, E O *AMOR* AINDA MAIS.
E ESSA COISA TODA PODE TE ENLOUQUECER, SE VOCÊ DEIXAR.
PENNY
E, NO FIM DAS CONTAS, AINDA *BEM,* NÃO É MESMO?
SENÃO, EU NÃO TERIA UM EMPREGO!
HAHAHAHA.
NÃO É SÓ O FRANK.
EU REJEITO MUITOS RAPAZES.

JOAN, VOCÊ NÃO PODE...
NÃO POSSO. **NÃO POSSO.**
E NÃO VOU.
TALVEZ SE VOCÊ **PENSAR** UM POUCO, JOAN, TALVEZ MAIS TARDE...
EU **JÁ** PENSEI NISSO, POR MUITO TEMPO, MAIS DO QUE VOCÊ PODE IMAGINAR.
E É **MELHOR** ASSIM, VOCÊ CONTINUA CAVALGANDO EM DIREÇÃO AO PÔR DO SOL, E ME **DEIXA** IR PRO OUTRO LADO.
ENTÃO TÁ! FICA AÍ! EU NEM **LIGO!** O MUNDO É **GRANDE**, JOAN! MAIOR DO QUE VOCÊ!
EXPERIMENTA ENTÃO TENTAR DANÇAR **SOZINHA!**
EU NÃO QUERIA FAZER UMA CENA, EU SÓ IMAGINAVA A GENTE JUNTOS PRA SEMPRE... AH, DROGA... POR QUE VOCÊ NÃO PODE SÓ DIZER **SIM?** NÃO SERIA MAIS FÁCIL?
O **GARÇOM** ESTÁ VINDO. VAMOS SÓ PEDIR ALGUMA COISA.
TALVEZ TENHA ALGO DE BOM NO CARDÁPIO.

SUSPIRO
EU SEI QUE SIM, QUERIDA.
MAS QUANDO FAZ ISSO, VOCÊ SABE O QUANTO ISSO MAGOA SUA POBRE MÃE?
MINHA MÃE? QUAL MÃE?
EU TENHO TANTAS.
ÀS VEZES VOCÊ É ABSOLUTAMENTE ADORÁVEL. POSSO VER POR QUE É TÃO POPULAR.
DIGO, AQUELA MÃE QUE FICA TÃO ABALADA QUE MANDA UM CAUBÓI BOBINHO TE MATAR, MESMO EU IMPLORANDO PRA ELA NÃO FAZER ISSO.
MAS TODA VEZ... BANG.
Q-QUÊ?
JOAN. AH, NÃO.
VOCÊ DERRUBOU.

EU... EU NÃO ENTENDO.
O QUE HÁ PRA ENTENDER? VOCÊ DIZ NÃO E SOFRE CONSEQUÊNCIAS QUE IMAGINO QUE NÃO GOSTE.
E EU GOSTARIA DE ENCONTRAR UMA FORMA DE TE LEVAR A UM LUGAR ONDE VOCÊ FAÇA ESCOLHAS MELHORES, MAIS INTELIGENTES.
VOCÊ SABE?
A GENTE DEVIA LIMPAR ISSO. VAI MANCHAR. E ESSE CARPETE É NOVO, ACABEI DE MANDAR INSTALAR.
VOCÊ SABE, PORRA!
JOAN.
COMO EU PODERIA TE DAR CONSELHOS SINCEROS SE NÃO SOUBESSE? NÃO SEJA IDIOTA. E NÃO FALE PALAVRÃO, POR FAVOR. NÃO COMBINA COM VOCÊ.
SE A SUA MÃE SOUBESSE...
DO QUE VOCÊ... DE QUE DIABOS VOCÊ TÁ FALANDO?
JOAN, VOCÊ ESTÁ ME CANSANDO. NÃO SOU UM GAROTO PRA TE CORTEJAR E TE PERDOAR POR TUDO.
ESTOU AQUI PRA SER HONESTA COM VOCÊ. PRA TE AJUDAR.
O QUÊ?

EU SOU PENNY PAGE, EU DOU CONSELHOS.
OS SINS E NÃOS DOS RELACIONAMENTOS.
QUEM... QUEM DIABOS É VOCÊ?!
PENNY PAGE
VOCÊ SABE... SOBRE... O CAUBÓI... NÃO É...
MINHA MÃE? QUE PORRA É ESSA?!
QUE PORRA TÁ ACONTECENDO AQUI?!
SLAP
JÁ CHEGA DESSE LINGUAJAR!
NÃO VOU MAIS TOLERAR ISSO.
QUE PORRA...
WHACK
EU DISSE CHEGA!

JOAN S. PETERSON.
ACORDE.
TÁ NA HORA DE VOCÊ COMEÇAR A AGIR COMO UMA MULHER.
PENNY PAGE

MEU DEUS...
EU REALMENTE **ODEIO** SER TÃO... DIRETA.
POR DEUS!
DEFINITIVAMENTE **NÃO** É DA MINHA NATUREZA.
MAS EU NÃO SOU UM SERVIÇO GRATUITO. MINHA DEMANDA É **ALTA,** E SUA MÃE ME PAGOU **BEM** PRA QUE EU VIESSE FALAR COM VOCÊ.
E NÃO QUERO DESPERDIÇAR O DINHEIRO **DELA** E O SEU **TEMPO...** E O **MEU** TEMPO ANDANDO EM CÍRCULOS COMO UM CARROSSEL.
O QUE... O QUE EU SOU?
POR QUE VOCÊ SE PREOCUPA COM **ISSO?** VOCÊ É COMO QUALQUER OUTRA.
VOCÊ É UMA GAROTA COM PROBLEMAS DE **RELACIONAMENTO.**
UMA GAROTA QUE DEVIA DIZER **SIM** QUANDO ALGUÉM A PEDE EM CASAMENTO. E DEVIA DIZER **NÃO** PRA SEJA LÁ O QUE FOR QUE TRAZ AQUELE CAUBÓI.
EXISTE UM JEITO **CERTO** DE SE FAZER AS COISAS.
TEM UM CAMINHO QUE VOCÊ SEGUE E, SE FIZER TUDO CERTO, TUDO SÃO FLORES E PORES DO SOL, **SEM** LÁGRIMAS.
E **VOCÊ** TÁ FAZENDO TUDO ERRADO.

VAMOS LÁ, JOAN.
VAMOS SER HONESTAS UMA COM A OUTRA. VAMOS DESCOBRIR COMO TE LEVAR AONDE VOCÊ PRECISA ESTAR.
É TUDO PELA SUA FELICIDADE. É ISSO QUE É ROMANCE. VOCÊ NÃO QUER SER FELIZ?
POR FAVOR.
CERTO. ÓTIMO, OBRIGADA.
FOI TÃO DIFÍCIL ASSIM?
TALVEZ A GENTE POSSA RECOMEÇAR?
VAMOS DESCOBRIR ISSO JUNTAS, COMO TE LEVAR PRA UM LUGAR ONDE TUDO NÃO ESTEJA DE CABEÇA PRA BAIXO E VOCÊ ESTEJA MARCHANDO NO PASSO CERTO.
ONDE EU POSSA VOLTAR PRA SUA MÃE E DIZER: "ELA ESTÁ EXATAMENTE ONDE DEVERIA ESTAR."
ELA ESTÁ DIZENDO SIM.
QUE TAL?

COMO É QUE É?!
PRA MIM JÁ DEU! TODA ESSA MERDA, TODAS ESSAS VIDAS.
VOCÊ NÃO PODE SÓ--
⋗SUSPIRO⋖ JOAN, VOCÊ PRECISA SE ACALMAR.
EU TÔ TE OFERECENDO UMA OPORTUNIDADE AQUI, NÃO UM SERMÃO. EU QUERO OUVIR, E QUERO ENTENDER O QUE DEU ERRADO.
ISSO É AMOR QUE ESTÃO TE OFERECENDO, QUERIDA. VOCÊ PRECISA ACORDAR E SENTIR O PERFUME DAS ROSAS QUE ESSES RAPAZES ESTÃO TE DANDO.
ACORDAR? EU ACORDO NUM SAGUÃO... ACORDO NUMA CAMA... ACORDO CEM ANOS ATRÁS... ACORDO ONTEM E AMANHÃ... EU ACORDO...
SERÁ QUE NÃO ENTENDE?
EU TÔ BEM ACORDADA, PORRA!

AH, JOAN, POBREZINHA.
VOCÊ TÁ COM A CABEÇA TÃO BAGUNÇADA. A GENTE PRECISA CLAREAR AS SUAS IDEIAS.
QUERO ENTENDER O QUE É ISSO... QUEM VOCÊ É... QUEM É...
POR QUE EU TENHO QUE PASSAR POR ISSO? QUE MERDA EU FIZ?
COMO QUE... COMO QUE EU SAIO DISSO?! QUEM CARALHOS EU SOU?!
ESSAS SÃO PERGUNTAS EXCELENTES. AS MAIS ESSENCIAIS, NA VERDADE. ESTÃO BEM NO CENTRO DE TODOS OS PROBLEMAS AMOROSOS, SE VOCÊ PARAR PRA PENSAR.
E EU QUERO FALAR SOBRE ELAS. QUERO MESMO.
MAS NÃO VOU FAZER NADA COM VOCÊ ME TRATANDO ASSIM.
SLASH
AAAA!
VOCÊ ENTENDE QUE EU TÔ TENTANDO RESOLVER ISSO NUMA BOA?!
ESTE NÃO É O MOMENTO NEM O LUGAR PARA VIOLÊNCIA!
VOCÊ SABE...
...O QUE ACONTECE COMIGO...
...QUANDO EU DIGO NÃO?

BANG
O AMOR É ETERNO.
BANG
O AMOR É ETERNO.
BANG
O AMOR É ETERNO.
O AMOR É ETERNO.

VOCÊ QUER MESMO FALAR PRA MIM SOBRE...
...VIOLÊNCIA?
TÁ BEM...
TÁ BEM, JOAN. SE É ASSIM...
SE ESSA É A ÚNICA FORMA DE VOCÊ PROCESSAR ALGUMAS COISAS, ENTÃO, TUDO BEM. NÃO É O QUE EU PREFIRO, NEM DE PERTO. MAS, TUDO BEM.
SÓ... ME DEIXA USAR O TELEFONE.
FODA-SE O TELEFONE.
VOCÊ TEM PERGUNTAS. VOCÊ PRECISA DE RESPOSTAS. EU ENTENDI. ESTOU DO SEU LADO.
MAS A SUA... SUA MÃE NÃO GOSTARIA QUE EU... TEM COISAS QUE ELA QUE IA TE CONTAR. COISAS QUE NÃO POSSO TE EXPLICAR AQUI, AGORA.
EU TRABALHO PRA ELA. ELA ME PAGA. EU NÃO POSSO... SUA MÃE PODE TE CONTAR O QUE TÁ ACONTECENDO, TÁ BOM? ELA É QUEM ENTENDE DISSO.
POR FAVOR, JOAN. É A ÚNICA MANEIRA.
DEIXA EU LIGAR PRA SUA MÃE.
AÍ VOCÊ VAI TER O QUE QUER. EU JURO.

CLLLLLLLICK
TÁ CHAMANDO.
NÃO SE PREOCUPE. TENHO CERTEZA QUE ELA VAI ATENDER.
SENHORA, É A PENNY. ESTOU NO ESCRITÓRIO AGORA. A JOAN TÁ COMIGO.
ELA GOSTARIA DE FALAR COM VOCÊ PESSOALMENTE. ESTÁ INSISTINDO. O QUANTO ANTES. EU DIRIA QUE É UMA EMERGÊNCIA.
ELA TÁ PEDINDO--
SIM, SENHORA... NÃO, EU... SIM, SENHORA... EU TENTEI, MAS...
SIM, SENHORA... SIM, SENHORA... NÃO, EU NÃO VEJO COMO...
SIM, SENHORA... SIM, SENHORA...
SIM, SENHORA.
CLICKK
ÓTIMO. VOCÊ CONSEGUIU O QUE QUERIA. ELA NÃO TÁ FELIZ, MAS TÁ A CAMINHO.
ELA ESTÁ NO ÚLTIMO ANDAR, ÓBVIO, E OS ELEVADORES AQUI SEMPRE FICAM BEM CHEIOS A ESSA HORA.
SÓ VAI LEVAR UNS MINUTINHOS.

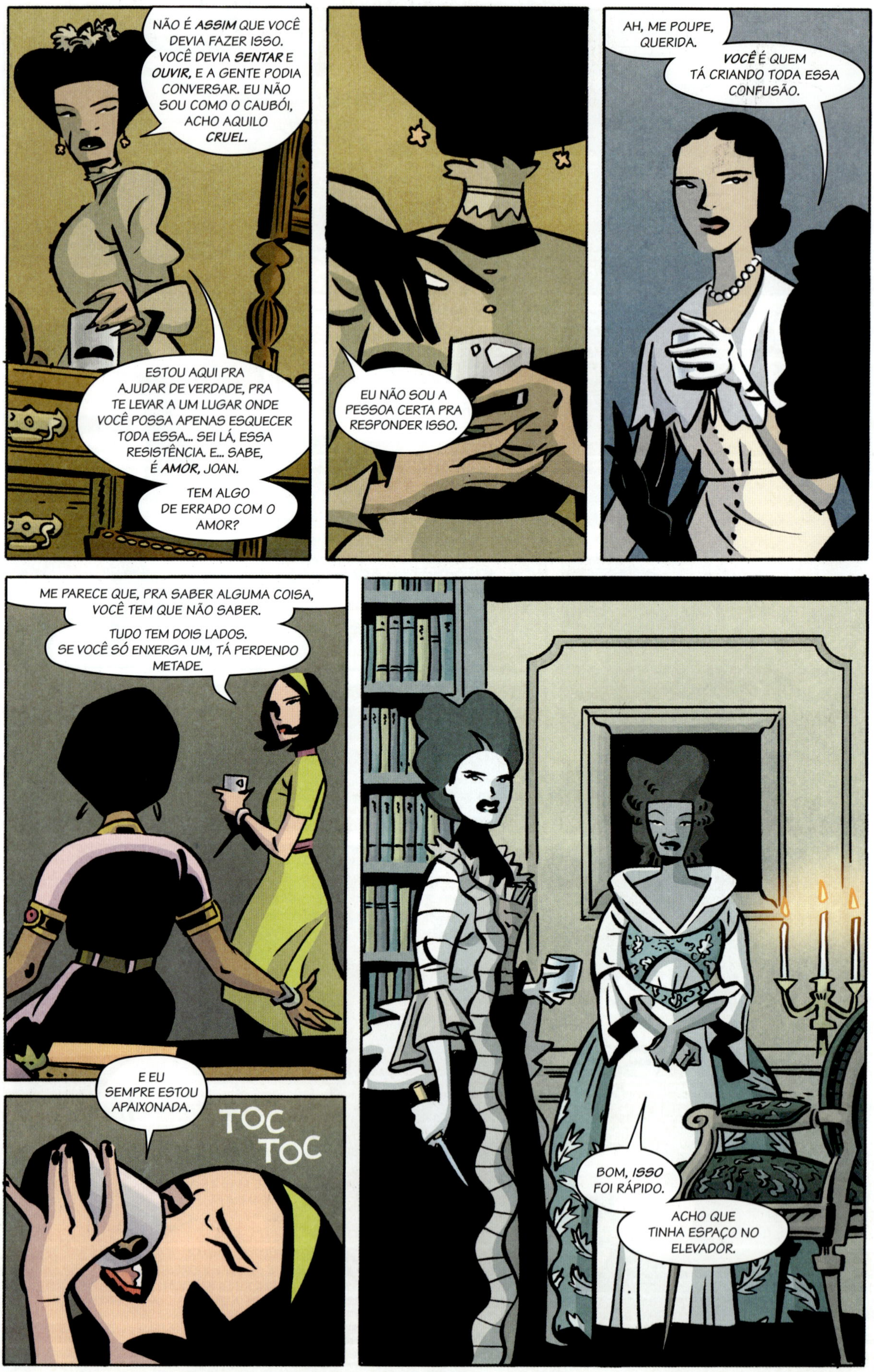
NÃO É ASSIM QUE VOCÊ DEVIA FAZER ISSO. VOCÊ DEVIA SENTAR E OUVIR, E A GENTE PODIA CONVERSAR. EU NÃO SOU COMO O CAUBÓI, ACHO AQUILO CRUEL.
ESTOU AQUI PRA AJUDAR DE VERDADE, PRA TE LEVAR A UM LUGAR ONDE VOCÊ POSSA APENAS ESQUECER TODA ESSA... SEI LÁ, ESSA RESISTÊNCIA. E... SABE, É AMOR, JOAN.
TEM ALGO DE ERRADO COM O AMOR?
EU NÃO SOU A PESSOA CERTA PRA RESPONDER ISSO.
AH, ME POUPE, QUERIDA.
VOCÊ É QUEM TÁ CRIANDO TODA ESSA CONFUSÃO.
ME PARECE QUE, PRA SABER ALGUMA COISA, VOCÊ TEM QUE NÃO SABER.
TUDO TEM DOIS LADOS. SE VOCÊ SÓ ENXERGA UM, TÁ PERDENDO METADE.
E EU SEMPRE ESTOU APAIXONADA.
TOC TOC
BOM, ISSO FOI RÁPIDO.
ACHO QUE TINHA ESPAÇO NO ELEVADOR.

TOC TOC
JÁ VOU, SENHORA, SÓ UM MOMENTO!
ELA PODE SER UM POUCO IMPACIENTE.
ALGO QUE, CONVENHAMOS, DEVE SER DE FAMÍLIA.
BRINCADEIRA, BRINCADEIRA!
SABE, EU ENTENDO COMO VOCÊ PENSA, MAS EU GUARDARIA ESSE ABRIDOR DE CARTAS. TÁ TUDO BEM AGORA.
NÃO PRECISA SE PREOCUPAR.
NÃO EXISTE NINGUÉM NO MUNDO INTEIRO QUE TE AME MAIS DO QUE A SUA MÃE. VOCÊ VAI VER.
VAI FICAR TUDO BEM.
E AÍ, PENNY, COMO VOCÊ TÁ, GAROTA? A SENHORA MANDA LEMBRANÇAS... E DESCULPAS.
É CLARO.
NÃO!!
VOCÊ TEM QUE DIZER ISSO TODA VEZ?
ORDENS SÃO ORDENS. ACHA QUE EU NÃO TÔ CANSADO DISSO?
O AMOR É...
AAAAAAAAA!!!

EU TENTEI TANTO FUGIR DO MEU PASSADO ESCANDALOSO. MAS JUSTO QUANDO CHET E EU FINALMENTE TÍNHAMOS ENCONTRADO A FELICIDADE, ELE ME ALCANÇOU! ISSO SÓ PROVA UMA COISA, NÃO IMPORTA PRA ONDE VOCÊ CORRA, NEM QUÃO RÁPIDO VOCÊ FUJA, VOCÊ SEMPRE ESTARÁ...
PRESA PELO AMOR
PENSEI QUE TE CONHECIA, JOAN! ESSAS GRADES SÃO COMO AS SUAS MENTIRAS — A BARREIRA QUE EXISTE ENTRE VOCÊ E EU!
AH, CHET, TUDO O QUE EU QUERIA ERA SER LIVRE. E AGORA OLHA SÓ PRA MIM! QUANDO É QUE EU VOU APRENDER... QUANDO É QUE EU VOU APRENDER...
TOM KING ROTEIRO
ELSA CHARRETIER ARTE
MATT HOLLINGSWORTH CORES

BIOGRAFIAS!

Uma apresentação do time criativo de AMOR ETERNO.

TOM KING

Roteirista

Tom King é um escritor multi premiado com diversos prêmios Eisner, Ringo e Harvey, conhecido por seu trabalho em Senhor Milagre, Batman, Visão, O Xerife da Babilônia, Estranhas Aventuras, Alvo Humano, Superman: Para o Alto e Avante, entre muitos outros. Suas obras já apareceram diversas vezes na lista de mais vendidos do The New York Times. Em 2021, seu trabalho em Visão serviu de inspiração para a aclamada série de TV WandaVision. Antes de iniciar sua carreira como roteirista, King atuou como oficial antiterrorismo da CIA, servindo em zonas de guerra no Iraque e no Afeganistão. Atualmente, vive em Washington, DC, com sua esposa e três filhos.

ELSA CHARRETIER

Artista

Elsa é uma artista e roteirista de histórias em quadrinhos. No início de sua carreira, ilustrou diversos títulos para editoras como DC Comics, Marvel Comics, IDW Publishing, Random House, Disney e Lucasfilm. Possui trabalhos e projetos autorais, com destaque para NOVEMBER, em parceria com Matt Fraction (publicado pela Image Comics). Em colaboração com PK Colinet, cofundador do estúdio Big Head Little Arms, Elsa também organizou, com sucesso, quatro grandes campanhas no Kickstarter e lançou o canal Comics Case Study no YouTube.

Matt Hollingsworth

Colorista

Matt Hollingsworth é um premiado colorista que, em seus 31 anos de carreira na indústria dos quadrinhos, trabalhou em títulos como Preacher, Hellboy, Demolidor, Gavião Arqueiro, entre muitos outros. Durante um breve período fora dos quadrinhos, atuou na área de efeitos visuais em filmes como Capitão Sky e o Reino de Amanhã e Serenity – A Luta Pelo Amanhã. Nascido e criado na Califórnia, atualmente vive na Croácia com sua incrível esposa, um filho sensacional, um cachorro agitado e quatro gatos peludos que mandam na casa.

CLAYTON COWLES

Letrista Original

Clayton Cowles é um letrista indicado aos prêmios Eisner e Ringo. Além de trabalhar em grandes títulos como Demolidor, X-Men e Batman, Clayton também colaborou em HQs como AVENTUREIROS, BITCH PLANET – PLANETA DAS VAGABUNDAS, DIE, MOONSTRUCK, PRETTY DEADLY, REDLANDS, THE WICKED + THE DIVINE, entre muitas outras publicadas pela Image Comics. Atualmente, vive no interior de Nova York, em uma casa com dois gatos.

CAPAS!

Uma galeria com todas as capas variantes de AMOR ETERNO #1-5.

Clay Mann

Elsa Charretier

Tula Lotay

Jenny Frison

Leslie Hung

Rafael Albuquerque

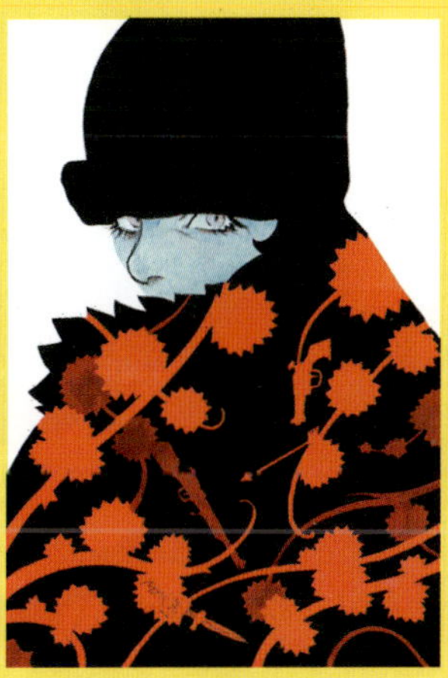

Matias Bergara

Alison Sampson

Terry and Rachel Dodson

Stjepan Šejić

Sean Phillips and Pip Martin

Amanda Conner and Jimmy Palmiotti